KB109918

백세시대를

즐겁고 보람있게

취봉 박양조

백세시대를 즐겁고 보람있게

초판 인쇄 | 2017년 11월 29일
초판 발행 | 2017년 12월 01일

지은이 | 취봉 박양조
펴낸곳 | 출판이안

펴낸이 | 이인환
등　록 | 2010년 제2010-4호
편　집 | 이도경, 김민주
주　소 | 경기도 이천시 호법면 단천리 414-6
전　화 | 031)636-7464, 010-2538-8468
팩　스 | 070-8283-7467
인　쇄 | 세종피앤피
이메일 | yakyeo@hanmail.net

이 도서의 국립중앙도서관 출판시도서목록(CIP)은 서지정보유통지원시스템 홈페이지(http://seoji.nl.go.kr)와 국가자료공동목록시스템(http://www.nl.go.kr/kolisnet)에서 이용하실 수 있습니다.(CIP제어번호 : CIP2017030494)

ISBN : 979-11-85772-46-2(03810)
가격 12,000원

| 차례 |

1부 어르신들을 위한 수필

1장 백세시대 어르신의 취미

2장 한나원에서 만난 어르신들

3장 해외여행 이야기

4장 어르신의 네 가지 고통

5장 노인의 심리

6장 절대적으로 필요한 신앙

2부 어르신들을 위한 시

1장 장단 맞춰 멋지게 즐겁게

부록 어르신을 위한 자료

1부

어르신들을 위한 수필

1장

백세시대 어르신의 취미

즐겁고 보람있는 생활을 위하여

취미생활은 노년에 가장 즐겁고 보람있는 생활이라고 생각한다. 한창 공부하거나 일할 때는 휴일에 피곤을 무릅쓰고 억지로 시간을 내서 취미생활을 할 수밖에 없지만, 은퇴 후에는 시간은 많고 소일거리가 없어 심심할 때가 많은 것이 현실이다. 이럴 때 자기가 좋아하는 취미생활을 하면 즐겁고 보람있는 생활이 되는 것이다. 건강하다고 무조건 즐겁고 보람있는 삶을 살 수 있는 게 아니다. 인생을 즐기며 보람있게 살기 위해서 가급적 자기에게 맞는 취미생활을 유지하는 것이 중요하다.

자기 적성과 형편에 맞는 취미를 찾아보자. 취미생활은 억지로는 절대로 할 수 없기 때문에 반드시 적성을 먼저 생각해야 한다.

사람은 누구나 재능을 가지고 태어난다. 원숭이도 나무 타는 재주를 가지고 있다. 운동에 특별한 관심과 재능을 가지고 있다면 자신이 좋아할 만한 운동을 찾아보는 것도 좋다.

하지만 취미생활은 자기 혼자만의 만족보다는 가족이나 친구들을 의식하면서 하는 것이 바람직하다. '낚시과부'라는 말처럼 자기 혼자 휴일에 낚시하러 가서 밤을 새우면 아내는 과부를 만드는 것이다. 자녀에게도 좋은 아빠가 될 수 없다. 자기 자신은 낚싯대를 잡고 앉아서 기분전환이 될지 모르지만 주변 사람들에게는 스트레스만 줄 수도 있다. 따라서 취미생활은 가족의 응원을 받을 수 있는 것을 선택하는 것이 좋다.

지금부터 노후에 즐길 수 있는 몇 가지 모범적인 취미를 소개하려고 한다. 은퇴하여 노후생활을 하는 분들은 참고하시고 자기의 적성에 맞는 취미를 꼭 선택했으면 한다.

사진 촬영과 감상

나는 군대생활을 할 때부터 사진에 관심을 가졌다. 특수부대의 인사과에 있던 나는 사진을 찍어서 작전과의 친구에게 필름만 가지고 가면 뽑아 주었다. 그래서 용돈을 모아 카메라를 구입했고, 찍고 싶은 사진을 여러 종류로 다양하게 찍었다. 영화관에 가서 삼각대를 세우고 느린 화면이나 좋은 경치를 찍었다.

외출할 때는 서울 아차산에 가서 사진을 찍다가 어느 여성잡지의 표지모델을 찍는 것을 보고 실례를 무릅쓰고 한 장 찍기를 부탁했더니 감사하게도 허락해 주는 바람에 그 모델을 찍었던 적도 있었다.

사진작가를 흉내 내서 그대로 찍어 현상과 인화를 했더니 멋있는 작품사진이 나왔다. 그 후 더욱 재미가 나서 제대 후에 사진 인화기와 현상기까지 구입해서 밤샘 작업을 하곤 했다. 현상되는 재미가 꿀맛 같았다. 하지만 직장생활을 하면서 시간이 부족하고, 동아리활동을 하기가 어려워 아쉽게 그만 둘 수밖에 없었다.

사진에 대한 미련은 남아 사진잡지와 사진 책자를 계속 구입하여 보고 있다. 좋은 사진에 감동을 많이 받는다.

최근에는 핸드폰이 발달해서 사진 찍기 편해졌고, 특히 이메일이나 카톡에 첨부된 사진들과 여행 등을 소개하는 자료에서 사진을 저장해 두었다가 시간 있을 때 자주 보고 있다.

중요한 행사나 가족들과 친척들이 명절 때 모여 사진을 찍어서 핸드폰으로 보내면 옛날처럼 비용도 들이지 않고 무료로 빨리 전달할 수 있어 좋았다. 특히 앨범에 보관하지 않고 USB에 많이 저장할 수 있어 더욱 좋다.

나는 신문의 주요기사를 스크랩하여 보관하기를 좋아했다. 그러나 지금은 핸드폰으로 촬영하여 보관하면 외출할 때 전철에서도 볼 수 있고 저장하기 매우 편리해서 잘 이용하고 있다.

또한 나는 노인복지시설에서 30년 이상 근무하면서 취미로 행사 때마다 사진을 찍어서 앨범에 보관해 두었다. 그랬더니 시설 30년사를 편집할 때 아주 요긴하게 사용할 수 있었다.

사진촬영을 잘 하기 위해서는 기본적인 기술을 알아두는 것이 필요하다. 기본적인 구도를 생각해서 안정감 있게 찍어야 하고

오스트리아 왕궁 앞에서

배경도 고려해서 분위기를 잘 살려야 할 것이다. 역광에 주의하고 필요시 라이트를 사용해야 한다.

노후에 사진촬영은 기록으로 보관하기 위해서라도 거의 필수적인 취미생활인 것 같다.

원예, 반려식물

아버지는 천호동에 사실 때 외출했다가 용돈이 있으면 묘목을 자주 사오셨다. 특히 장미를 좋아하셔서 작은 마당에 가득 심고 즐겁게 감상하셨다.

하루는 제법 큰 목련 나무를 사다가 대문 안에 심었는데 정성껏 잘 관리하여 흰 꽃이 피었다. 손바닥만큼 커서 지나가는 사람들이 감탄을 하였다.

나도 아버지를 닮아 아파트에 살면서 집에 자주 있기 때문에 화분에 관심을 가지고 물을 주며 관리하기 시작했다. 처음에는 종류에 관심 없이 기르다 식물마다 특성이 있는 것을 알고 잘 관리하게 되었다. 햇빛을 좋아하는 나무들은 창문가에 배치하고, 물을 많이 주어야 하는 나무들은 매일같이 주었다.

식물을 잘 기르려면 기초적인 지식을 가지고 있어야 한다. 너무 많은 물을 주지 말아야 하고, 겨울에는 휴식을 취하도록 해주고, 문제가 생기면 즉시 해결하도록 하고, 식물들을 함께 있도록 해주고, 다른 화분에 옮겨 심는 방법을 잘 알아야 한다. 각자 특성에 따른 재배방법을 알아야 한다.

요즈음에는 반려식물이 유행이다. 개나 고양이가 반려동물인 것처럼 식물 중에도 사람의 건강에 유익한 것이 있어서 인기를 끌고 있다. 반려식물이기 때문에 관심을 가지고 잘 관리해야 한다.

나는 율마를 사다가 정성껏 관리했지만 하루의 실수로 실패했다. 햇빛과 물과 신선한 공기를 좋아하기 때문에 거실 창가에 배치하고 물도 자주 주고 창문도 조금 열어 놓았다. 그러나 어느 날 아침 일찍 급하게 외출하면서 창문 여는 것을 잊어버렸다. 며칠 후 잎이 시들기 시작하더니 회복되지 않았다. 이 나무는 한번 시들면 끝이란다.

나는 큰 상을 받으면서 축하 꽃다발도 많이 받았는데 가족에게는 꽃다발 대신 화분을 요구했다.

초가을에 국화를 원한 적이 있다. 손잡이 있는 화분이어서 들기도 편했다. 방의 거실에서 정성껏 물을 주고 노란 꽃을 잘 감상하며 물을 주었는데 꽃송이가 벌어지더니 일부분 시들거나 병들어 버렸다. 알고 보니 국화는 햇빛을 장시간 받아야 하기 때문에 실내에서는 건강하게 기를 수 없다고 한다.

식물도 사랑해주면 좋게 받아준다. 스투키는 음지에서도 살아 호텔 화장실에까지 배치해 놓았다. 물은 일주일에 한 번이 보통이지만 환경에 따라서는 한 달에 한 번도 좋다. 베란다에서 햇빛을 보더니 잘 자란다. 산소 공급을 잘해 주기 때문에 침실에서 기르면 그야말로 반려식물이 될 수 있다.

식목일에 길을 가다가 나무 묘목을 보던 중 반갑게도 편백나무를 발견했다. 그동안 건강관리로 편백나무 수액과 오일을 좋아했기에 직접 길러 보기로 했다. 몇 그루 사다가 화분에 심어 거실의 창가에 다른 나무들과 함께 배치했다. 정성껏 물을 주며 사랑했더니 잘 자랐다. 안방에도 창가에 옮겨 놓으며 건강에 좋은 피톤치드를 발산하기를 기대했다.

요즈음 화원에서는 많은 종류의 꽃과 나무들을 연구하며 재배하기 때문에 이따끔 방문하면 볼거리도 많고 적당한 것을 골라 살 수도 있다. 작은 화분에 선인장과 다엽식물을 돌멩이와 모래와 함께 잘 배치하여 놓은 작품을 보고, 정말 귀여워 그 자리에서 사다 책상 위에 놓았다. 책상에 앉을 때마다 반갑게 웃어주어 저절로 친구가 되었다.

글쓰기

어르신들은 일평생을 살아오면서 여러 가지 우여곡절이 있었기에 하고 싶은 이야기도 많다. 자기 자신의 이야기라면 자서전이 되고, 자기가 본 것이라면 역사가 되고, 자기의 생각이라면 인문학 등이 될 수 있다. 전문적인 주장이라면 학문도 된다.

그래서 나 역시 여러 가지를 쓰고 싶다. 70세가 가까워지면서 은퇴 후에 하고 싶은 취미생활을 생각했다. 군대에서 카투사로 복무하고 제대 후 복학하여 어려운 생활에 보태려고 친구의 소개로 기독교 출판사에서 알바로 번역을 했다.

결혼 후 이 사실을 아신 장인 어른이 번역할 책을 주셨다. 그 후 계속하여 시간이 있을 때마다 번역을 했다. 출판사의 편집주간으로 있을 때는 직접 번역하거나 수정하는 일이 전문이어서 수십 권을 내 이름으로 출판도 했다.

노후에는 번역작업이 어렵기 때문에 직접 저술하기로 생각하고 글쓰기 공부를 열심히 하기로 했다. 마침 소개를 받아 은퇴교수님이 지도하시는 부악문학회라는 동아리에 가입했다. 일주일에 한 번씩 모여서 숙제로 쓴 시나 수필을 발표하고 평가를 받는 모임이었다.

처음에는 시조를 썼다. 시조는 표현력을 기르는 좋은 방법이다. 초보자는 모두 시조 쓰기부터 시작했다. 몇 달이 지나서 어느 정도 숙달이 되면 자유시를 쓴다.

매월 말에는 시콘서트를 개최하여 한 달 동안 쓴 시 중에서 각자 대표적인 시를 선정하여 낭송하는 행사다.

매년 2회씩 동인지를 발행하여 각자 자기의 작품을 책으로 만날 수 있다. 모임의 활동은 모두 기록으로 남는다.

나는 몇 년 동안 거의 빠짐없이 참석하여 시와 수필을 공부했다. 지도교수님이 등단을 권하여 수필 두 편을 잡지사에 보냈다. 감사하게도 신인 수필상에 당선되어 전문 수필가가 되었다.

3년 전 근무하던 시설이 설립 30년이 되어 30년사를 출판하게 되었다. 시설의 소식지를 초창기부터 내가 편집했기 때문에 모든 자료를 정리하여 자료집을 출판했다.

어느 주간 신문사를 방문하여 사장님과 이야기를 하던 중 내가 수필가로 등단했다는 말을 했더니 신문에 칼럼을 써 주기를 부탁했다. 경험이 없다고 사양해도 수필가는 전문인이기 때문에 가능하다며 부탁을 하기에 부족하지만 쓰고 싶은 주제들을 정리하여 3년 이상 연재하고 있다.

지금은 이렇게 어르신에 대한 주제로 그동안 썼던 수필과 시를 엮어 책을 내고 있다.

앞으로도 쓰고 싶은 주제가 몇 가지 있다. 잘 정리하여 계속해서 책을 낼 계획이다. 그것을 실천하기 위해 틈틈이 신문사의 원고를 쓰고 있다.

취미생활로 글쓰기를 선택한 것이 내게 안겨 준 노년의 큰 기쁨이다.

수필 등단지

부악문학회 동인지

음 악

음악은 우리의 심성을 변화시켜 주는 참으로 좋은 예술이다. 성악이나 기악을 할 수도 있고 이런 재능이 부족하다면 음악 감상도 좋은 취미활동이 될 수 있다.

가족 중에 성악을 전공하여 합창단에서 활동한 사람이 있다. 어려서부터 교회에서 음악을 좋아하여 열심히 배웠고 대회에도 나가 상을 많이 받았다. 계속 성가대에서 활동하다 음대에 들어가서 공부를 했고, 졸업 전에 프로 합창단에 입단하여 유명한 지휘자로부터 잘 배워 국내외 공연도 많이 했다. 5년 정도 활동하다 결혼 후에는 해외로 나가 살다가 지금은 사회복지사로 일하고 있다.

그러면서 기회가 있을 때마다 중창단에서 독창을 부르고 있다. 여러 가지 방법으로 음악 봉사하는 것을 즐겁고 보람있게 생각하고 있다.

또한 친척 중에는 기악 연주를 좋아한 사람이 있다. 대학 의대 예과 때 등록금을 받아 휴학을 하고 바이올린을 사서 합주단에 들어가 열심히 활동했다. 개업의사가 된 후에는 교회 성가대에서 콘트라베이스를 연주하며 성가대 대장을 하였다. 음악 감상도 좋아하여 아파트에는 음악 감상실이 따로 있다. 직업상 심신이 피곤할 때 음악 감상을 하면 최고의 피로회복제가 된다.

친구 중에는 은퇴 후에 색소폰에 관심을 갖고 동아리에서 활동하는 친구가 있다. 기회 있을 때마다 사회복지시설이나 교도소를 방문하여 연주하며 즐겁고 보람있는 생활을 하고 있다.

또한 친구 중에는 음악가들이 많아서 찬양예배 시간에 초청하여 특별한 예배를 드릴 때가 많다.

나의 후임목사는 성악을 좋아하여 피아니스트와 결혼했다. 목사가 특송을 할 때와 예배를 드릴 때 사모는 반주로 플룻을, 딸은 피아노를 연주하곤 한다. 모두 음악을 좋아하는 음악 가족이다.

요즈음은 자동차마다 음악을 듣기 좋게 만들었다. 음악의 종류도 많아서 자기의 취향에 따라 선택할 수 있다.

기독교인들은 찬송가와 복음성가를 많이 애청하게 된다. 나는 찬송가의 가사들이 좋기 때문에 무곡 찬송가를 구입하여 내용을 음미하며 새로운 은혜를 받는다. '어메이징 그레이스' 는 특별한 간증이 들어 있다. 가사의 내용이 모두 신앙의 간증이라 감동을 받곤 한다.

그림 그리기, 서예

미국의 어떤 사람은 친구의 권유로 83세에 그림을 그리기 시작하여 세계적으로 알려진 유명한 화가가 되어 95세까지 그림을 그렸다. 이처럼 뒤늦게 소질을 발견하고 재능을 발휘하여 즐겁고 보람있는 생활을 하는 이들이 많다.

나의 친척 중에 한 분은 공무원 생활을 하다 명예퇴직을 당한 후 고교 시절 미술부장을 했던 경험을 살려 그림을 다시 그리기 시작했다. 정물화를 좋아해서 꽃을 많이 그리셨다. 특히 장미를 좋아하여 다양한 구도의 그림을 그려 시내 화방에 내놓아 시판도 하셨다. 고향은 개성이지만 북한을 생각하며 백두산 천지를 그리기도 하셨다.

고교 친구들 중에는 각종 회사나 직업을 가지고 열심히 활동하다가 은퇴한 후에 각종 그림을 그리는 친구들이 많다. 동양화나 서양화, 그리고 서예에 관심을 가지고 정식으로 배워 작품을 만들고, 동아리를 만들어 매년 전시회를 개최한다. 정식으로 도록을 제작하여 모든 동기생들에게 배포한다. 친구들은 전시회에 많이 방문하여 격려해 주고 있다.

어떤 친구는 뒤늦게 서예에 매료되어 열심히 배워 실력이 향상되었다. 좋은 작품을 제작하여 전시회에 출품하고 상도 받았다.

친구의 아내 중에도 젊을 때 그림에 매력을 느껴 직장생활을 하는 틈틈이 그림을 그리며 개인전시회를 열어 작품을 선보인 적이 있다.

은퇴 후에는 더욱 열심히 작품 활동을 하여 전시회에 출품할 뿐만 아니라 개인전시회도 계속 개최하여 유명한 화가가 되었다.

노인복지관 이용

건강한 어르신은 즐겁고 보람있는 생활을 위하여 복지관을 이용하시는 것이 좋다. 건강을 유지하기 위하여 활동하셔야 한다. 활동을 재미있게 하려면 혼자서는 어렵고 친구들과 어울리는 것이 바람직하다.

복지관에 가면 친구들이 많다. 특히 취미생활을 함께 할 수 있는 장점이 있다. 많은 프로그램 중에 잘 고르면 된다.

요즈음 우리나라의 복지관은 시설도 잘 되어 있고 직원들도 전문가여서 프로그램도 계속 개발하고 있다.

남녀가 함께 어울려 사교춤을 배울 수 있다. 댄스는 온몸운동이므로 건강에도 좋고 즐거운 시간을 가질 수 있으며, 특히 치매 예방도 된다.

서예를 정성껏 배워 가훈을 써서 액자에 넣어 벽에 걸면 가족들에게 어른행세를 할 수 있다. 물론 장시간 집중하다 보면 무리가 되어 목이나 어깨 디스크에 걸리는 것을 조심해야 한다.

탁구를 친구들과 어울려 치면 시간 가는 줄도 모르게 즐거운 시간을 보낼 수 있다. 운동도 되어 체력도 기를 수 있다.

배드민턴은 조심해서 치면 가벼운 운동이 되지만 시합을 하면서 무리한 행동을 하면 넘어져서 크게 다칠 수가 있다. 나의 친척 중에 선수가 있었는데 시합을 하면서 무리한 동작을 하다 넘어져서 입원하여 수술한 후 오랫동안 치료를 받다가 돌아가셨다. 어디까지나 취미생활로 적당히 하는 것이 좋다.

유명한 강사들의 강의를 들어보는 것도 도움이 된다. 세상이 빠르게 변하고 사람은 평생 배워야 한다. 새로운 지식으로 컴퓨터 기술을 습득하면 정보를 발빠르게 얻을 수 있고 친구들과 교류할 수도 있다.

노후생활을 복지관에서 친구들과 어울려 함께 하는 것은 우울증 예방은 물론 활기차고 보람되고 즐거운 생활이 될 수 있다. 꼭 권하고 싶은 활동이다.

노인학교와 경로대학

어르신들의 활동 중에 공부하는 생활도 중요하다. 각 지역에서 평생학습으로 모이기도 하지만 큰 교회에서 어르신들에게 봉사하고 전도하기 위하여 많은 것을 투자하여 기획해서 노인학교나 경로대학을 운영하고 있다.

오래 전에 이 프로그램이 시작될 때에는 모두 노인학교였다. 어르신들이 옛날에는 천자문이나 사서삼경을 알면 다 안다고 생각하셨지만 지금은 학문이 발달하고 새로운 지식이 계속해서 쏟아져 나오기 때문에 겸손한 자세로 열심히 배우셔야 할 것이다.

특히 핸드폰이나 컴퓨터는 실제 생활에서 필수품으로 사용되기 때문에 사용법을 알아야 정보교환을 할 수 있게 된다.

어르신들은 노인학교에서 강사들로부터 여러 가지 유익한 교육을 받을 수 있다. 우선 건강관리 요령과 웃음의 효과와 실습, 세상 상식과 경제 지식, 각종 취미활동, 운동실이 있으면 탁구와 당구 등, 그리고 교회에서는 예배를 드리며 찬송가와 복음성가 부르기 등을 통하여 신앙을 가질 수 있다.

노인학교를 오래 운영했거나 최근에 시작하는 기관에서는 경로대학을 많이 운영한다. 노인학교에서 격상한 것이다. 어르신들은 새로운 것들을 배우기도 해야겠지만 노인에서 어르신으로 품위를 지켜야 하는 것이다. 큰 소리 치며 억지로 권위를 세워서 강제로 시켜도 안 통한다. 잘못되면 무례하게 역습을 당할 수도 있다. 오히려 차분하게 웃으며 지혜롭게 타이르거나 분위기에 따라 참고 무시할 수도 있어야 할 것이다. 경로대학에서 어르신으로 존경받는 방법을 배워두는 것이 좋을 것이다.

지금은 실력시대이며 배워서 남 주는 것이 아님을 기억하자. 면장도 알아야 그 직책을 감당할 수 있는 것처럼 어르신들도 나이 가지고 체면을 차릴 수가 없으므로, 열심히 배워서 가정에서나 사회에서 존경을 받을 수 있기를 간절히 바란다.

등산과 산책

어르신들은 건강한 생활을 위하여 체력단련이 필요하다. 나는 조금만 오래 앉아 있으면 허리가 아프고 혈액순환이 잘 안 되어 다리가 저린 현상이 나타난다. 그래서 자동차나 비행기를 타고 멀리 여행하는 것이 불편하다.

어르신들에게 무리가 가지 않으면서 체력을 향상시킬 수 있는 등산과 산책을 권하고 싶다. 어르신들이 등산할 때에는 요령이 필요한데 무리한 행동은 금물이다. 혈압을 방심하거나 체력을 초월하여 숨이 차는 데도 계속 올라간다든지, 내려올 때 다리가 아픈 데도 쉬지 않고 강행군하는 것은 위험한 욕심이다. 미끄러운 신발을 신는다든지 눈길에 스틱을 사용하지 않으면 낙상하여 골절당하기 십상이다. 급할 것도 없으니, 자랑할 생각도 말고, 자기에게 맞는 방법과 속도로 꾸준히 정기적으로 하는 것이 바람직하다.

친구들과 하루에 한두 시간 쉬어가면서 여유 있게 산책하는 것은 체력유지와 기분전환을 위해서 가장 편하고 효과적인 좋은 방법이 되므로 강권하고 싶다.

집에서 가까운 호수도 좋지만 주변에 있는 유명한 곳으로 차를 타고 가서 주차시킨 후 걸으면서 구경하며 여러 가지 이야기를 자유롭게 나누면서 산책하면 신선한 공기를 마실 수 있다. 새로운 환경에 대한 호기심도 만족시키며 즐거운 시간을 가질 수 있다.

등산이나 산책을 할 때는 반드시 필요한 복장과 도구를 챙겨야 한다. 물병이나 간식 등을 챙겨서 유사시 대처해야 안전하다. 안전이 첫째인 것을 명심하고 번거롭더라도 신경을 써야 한다.

게이트볼

게이트볼은 어르신들에게 가장 좋은 운동이라고 나는 주장한다.

나는 우연한 기회에 이 경기가 일본에서 도입될 때부터 알게 되어 오래 전에 우리 양로시설에 경기장을 설치하고 어르신들과 함께 열심히 했다. 게이트볼에는 다음과 같은 세 가지 장점이 있다.

첫째, 운동량이 적당한 경기이다. 5명이 한 개 조로 편성하여 두 팀이 하는 경기로 자기 차례가 되려면 한참 기다려야 한다. 운동량이 부족하다고 생각되면 여러 게임을 하면 된다. 공을 칠 때 팔운동이 되고, 공을 치러 다닐 때는 다리 운동이 많이 된다. 기다리는 동안에는 다른 선수가 치는 것을 구경하면 재미가 꿀맛이다.

둘째, 집중력을 발휘하여 두뇌를 사용한다. 게이트 안으로 볼을 쳐야 하고 게이트를 통과해서는 적당한 위치에 공을 배치시켜야 한다. 볼을 잘 치기 위하여 집중해서 머리를 써야 하는데 그 때 집중력이 향상되면서 두뇌를 사용하게 된다. 두뇌는 사용하면 할수록 치매 예방의 특효약이다. 게이트볼은 치매를 예방하는 좋은 운동이다.

셋째, 작전을 짜면서 협동정신을 기른다. 승패는 작전으로 크게 좌우된다. 기본실력도 있어야겠지만 작전을 잘 짜서 상대방 볼을 맞추어 밖으로 쫓아내고, 같은 팀에게는 좋은 기회를 주어야 한다. 많은 점수를 내거나 승리하면 기분이 최고가 된다.

요즈음은 시골 동네에는 전천후 시설이 되어 있어 비가 오나 눈이 오나 칠 수 있다. 경기장 안에는 휴게실과 식당이 구비되어 있어 얼마든지 오랫동안 친교를 나눌 수 있다.

게이트볼은 어르신을 위한 경기이지만 남녀노소 온 가족이 함께 하면 더욱 재미를 느낄 수 있고 친목도 도모할 수 있어 좋은 운동이다.

탁 구

탁구는 어르신들에게 무리한 동작만 하지 않으면 적당한 운동이 될 수 있다. 거동할 수 있는 분은 조금만 연습하면 즐길 수 있다. 운동량도 많지 않고 과격한 동작도 거의 없어 좋다.

하지만 무리한 드라이브를 여러 번 하거나 악착같은 방어동작은 조심해야 한다. 특히 복식경기를 할 때 무리하게 공을 받으려고 지나친 행동을 하다 골절되거나 낙상하여 다치면 평생 동안 후회하게 될 것이다.

운동시간도 두 시간을 넘기지 않는 것이 좋다. 나는 오랜만에 친구들과 함께 탁구장을 찾아가 몇 시간을 신나게 치고 왔다가 그 이튿날 어깨가 아파서 탁구를 중단한 아픈 기억이 있다.

운동은 정기적으로 꾸준히 하는 것이 건강에 좋다. 복지관에 가면 탁구대가 있고 동아리도 조직되어 있어서 쉽게 배울 수 있다. 친구들과 어울려 웃으면서 시합을 즐기면 재미는 두 배가 될 것이다. 부부가 함께 하면 더욱 즐거운 시간이 될 수 있다.

당 구

당구는 신사적인 운동으로 어르신들에게 좋은 운동이다. 고교동창 중에는 70세가 훨씬 넘었는데도 당구모임을 조직하여 열심히 하는 친구들이 있다.

4구 경기로 상대방 공을 맞추어 점수를 올리면 재미있고, 고수가 되면 더욱 묘미를 느낄 수 있다. 구경하는 것도 재미있다. 시합 때 구경꾼들이 왜 많은지 그 이유를 알 수 있다.

고수가 되면 4구 경기는 지루해서 3쿠션을 하게 된다. 공의 진로를 잘 계산해서 큐로 공을 정확하게 치고 공이 당구대를 맞고 회전해서 공을 맞추면 기분이 좋다. 실수하지 않도록 초크를 많이 사용해야 하고 공의 부위를 정확하게 쳐야 하는 기술이 필요하다.

친구의 말에 의하면 두세 시간 당구를 치고 나면 다리 팔 허리 운동이 제법 되고 머리를 쓰기 때문에 기분전환도 되고 친구들과 어울리면 즐거운 시간이 된다고 한다.

나는 직접 당구를 칠 줄 모르지만 TV의 당구채널에서 게임을 즐기고 있다. 최근에 국제대회를 시청한 적이 있다. 세계적인 선수들이 실력을 과시하기에 더욱 재미가 있었다.

어떤 선수는 한번에 10점 이상을 치기도 하고 잘 안 맞을 때는 유명한 선수들도 공타를 치는 경우가 있다. 안타깝게도 실수를 연발하여 상대가 되지 않는 게임도 있었다.

이런저런 당구게임을 보며 즐기는 재미가 있다.

2장

한나원에서 만난 어르신들

꿈을 가지신 어르신

부친은 젊어서부터 집에 대한 소유욕이 커서 해방 직후에 서울 구경 왔다가 일본사람들이 살다 버리고 간 노량진에 있는 적산가옥을 싸게 구입하려고 여비를 아껴 계약했다. 그렇지만 완고한 조부가 고향을 절대로 떠날 수가 없다고 허락하지 않아 기다리다가 뜻을 이루지 못하고 아쉬움을 달래기 위해서 본인이 직접 고향집을 크게 잘 지어 오래 살려고 했다. 하지만 안타깝게도 한국전쟁이 일어나서 새 집을 버리고 피난길에 오르게 되었다.

인천과 영주를 잠시 거쳐 강원도에 있는 광산에서 근무할 때는 사택에서 살았다. 서울에 대한 미련이 있어 조금씩 돈을 모아 한강변에 있는 원효로의 집을 사서 친척에게 관리를 맡겼다. 하지만 얼마 후 서울에 올라가 보니 친척이 자기 마음대로 허위서류를 작성하여 집을 팔아버리고 말았다.

서울로 이사와 먼저 동대문 근처에 싼 전세방을 구했다. 직업을 알아본 후 토굴이 있는 집을 전세 내어 콩나물을 길러 동대문 시장에 도매로 팔 생각을 했으나 예기치 못했던 문제가 발생했다. 콩나물은 토굴에서 계획대로 잘 자랐지만, 곰팡이도 함께 발생해서 상품가치가 없어 팔 수가 없었다. 결국 그렇게 포기하고 이사했다.

1980년대 초기인 서울에 한창 건축붐이 일고 있었다. 한강을 좋아해서 천호동을 알아보고 단독주택을 구입했다. 그리고 집 근처에 강원도에 살고 있던 큰 외숙부와 경상도에 살고 있던 작은 외숙부의 집도 장만해 주었다. 자금이 있으면 집장사를 하고 싶은 마음이 컸지만 아쉽게도 포기할 수밖에 없었다.

취미로 화단을 가꾸었다. 좁은 앞뜰에 꽃을 많이 심었고 장미를 좋아해서 외출 후 귀가할 때마다 장미화분을 사들고 왔다. 특히 커다란 백목련 나무를 심었는데 정성껏 길러 잘 자라 봄이 되면 손바닥 만한 꽃송이가 자태를 뽐내서 지나가는 사람마다 감탄을 자아냈다.

은퇴한 목사들과 장로들의 모임인 성우회에 나가 회계를 담당했다. 하루는 교회에 가서 회무를 처리하고 식사를 하고 있었는데 갑자기 속이 불편하여 친구의 부축을 받아 화장실에 갔는데 얼마 후 쓰러져서 택시를 타고 병원에 가다가 숨을 거두었다.

심근경색으로 칠십 사세에 이 세상을 떠났다. 그 후 자손들이 봄에 성묘할 때마다 화분을 준비하고 꽃을 좋아하던 모습을 회상하며 이야기를 나누었다.

비록 갑작스레 세상을 떠나긴 하셨지만 세상을 떠날 때까지 꿈을 갖고 꿈을 이루기 위해 노력하신 분이다.

이처럼 어르신들은 이 세상을 떠날 때까지 꿈을 가지고 최선을 다해 실천해야 한다고 본다. 결과가 만족스럽지 못해도 그 자체만으로 즐겁고 보람있는 생활을 끝까지 누린 것이 아닌가 싶다.

꿈을 이루신 어르신

장인 어르신은 갓난아기 때 경기(驚氣)를 일으켜 크게 고생했는데, 부모님이 가난한 농촌 살림에 약을 구할 수 없어 쑥으로 뜸을 뜨거나 향을 피워 냄새를 맡게 하였지만 결국 숨이 멎어 시체처럼 강보에 싸서 시렁 밑에 넣어 두었다고 한다. 그렇게 몇 시간이 지난 후 부스럭 소리가 나서 끌어내보니 숨을 쉬고 있었다. 그야말로 죽었다가 다시 살아난 것이다. 그래서 처음부터 '덤으로 사는 인생' 이라고 생각하며 살았다고 하셨다.

해방 후에는 청년회 활동을 하면서 앞으로는 '교회를 중심으로', '교회를 통하여' 일하며 살겠다고 굳게 결심했다. 한국전쟁 때 월남하여 대구에 있으면서 교회의 담임목사가 기독교 서점을 한번 해보라고 권하여 같은 교회 장로들의 도움을 받아 개점했다.

출판사도 등록하고 설교 예화집을 발행했다. 대히트였다. 세계 금언 사전을 출판했는데 2개월 만에 재판을 찍었다. 하지만 세계 인명 사전 1권을 출판한 지 한 달 후에 4 · 19학생의거가 일어나

혼란으로 판매가 안 되어 사업을 정리하게 되었다.

6개월 후에 문서선교의 꿈을 포기할 수 없어 가장 비용이 적게 드는 청계천 5가에 가게를 얻어 1층은 책방으로, 2층은 창고 겸 사무실로 사용했다.

'꿈을 포기하지 않는 믿음' 으로 다시 일어설 수 있었다. 서점이 안정되면서 다시 출판도 하게 되었다. 특히 안이숙 선생의 간증집 〈죽으면 죽으리라〉는 독자들의 반응이 대단했다. 그 후 많은 성서주석 시리즈를 출판했는데 모두 인기를 얻었다. 그 중에 〈기독교대백과사전〉 16권은 많은 사람들이 월부판매도 하며 대히트를 쳤다.

서점과 출판사를 운영하며 많은 장로들과 목사를 알게 되어 노회에서 중책을 맡아 노회장과 전국남선교회연합회 회장, 교단 내 장로회연합회 회장을 하다가 장로로서는 처음으로 총회장까지 되어 교단을 섬겼다. 은퇴 후에는 장로교육원을 설립하여 장로들의 자질을 향상시켰다.

특별한 선교방법으로 은퇴 후를 염려하는 여교역자들을 무료로 모시는 양로원을 설립했다. 고향에 두고 온 부모님을 생각하며 매년 추석 때 가족들과 임진각에 가다가, 무의탁 어르신들을 부모 대신 모시게 되었다.

그후 사회복지법이 개정되자 시설을 개방하여 일반인들도 입주하게 되었고, 지금은 노인전문요양시설로 확장되어 여러 가지 어려운 분들을 정성껏 보살펴 드리고 있다.

노후에는 기독교대백과사전을 출판하면서 수집한 도서 및 관련자료 10만 여점을 교계에 개방하기 위하여 한국기독교역사박물관을 요양원 입구에 건축하여 직접 관장을 맡아 봉사했고, 주일마다 요양원에 와서 예배를 드리며 입주자들을 위로해 주었다. 현관을 나서다가 뇌출혈이 재발하여 84세에 별세했다.

총회장(總會葬)으로 장례식을 거행하면서 교계의 많은 분들이 참석하여, 총회장이 좀 더 오래 사시면서 큰일을 더 많이 하셔야 되는데 지병으로 갑자기 돌아가신 것을 무척 아쉬워했다.

나의 아호와 이름

나는 대학 졸업 후 직장에 입사하여 하숙을 하였다. 급하게 하숙하면서 모르는 사람과 한 방을 사용하게 되었다. 그는 아호(雅號)에 관심이 많아서 초면인 나에게도 필요할 때가 있다면서 하나 지어 주었다. 취봉(翠峰)인데 뜻은 '검푸른 봉우리'로 물과 동식물이 풍부한 산을 의미하고 있다. 나는 어려서 호에 관심이 없어 고맙다고 말하고 기억해 두고 있었다.

그러다 노인장기요양시설에서 원장으로 28년 근무하고 생각하니 그 뜻이 어느 정도 이루어진 것을 느낄 수 있었다. 나는 초창기에는 5명의 어르신들을 모시고 함께 생활했지만 수 년 후에 입주자 100명에 직원이 65명이나 되었고, 그 덕택으로 12년 전에는 입주자 80명에 직원 55명의 시설을 증축해서 규모가 커졌다. 지금은 대표이사로 입주자 180명, 직원 120명, 이사 및 감사 13명의 큰 시설이 되었다. 정부의 지원을 받아 생활도 여유롭고 직원들이 정성껏 어르신들을 보살펴 드리며, 이사회의 원만한 운영으로 그야말로 내가 ‘취봉’ 이 되었다는 생각을 하면서 하나님께 감사하는 삶을 살고 있다.

나의 이름은 ‘양조’ 이다. 1960년대에 육군에 입대해서 훈련을 마치고 부대 배치를 받아 신고했더니 고참이 “양조, 양조장, 술 잘 마시겠구나?”라며 놀렸다. 나는 “교회에 다니고, 술을 마시지 못합니다.”라고 대답하여 무안하게 만들었다. 그 후 지금까지 내 이름의 바른 뜻을 생각하며 생활하고 있다. ‘양조(洋祚)’ 는 넓은 바다와 같은 복을 의미하여 많은 사람들에게 복을 주는 것이라고 해석하고 싶다.

그래서 나는 글쓰기를 배워 시와 수필을 쓰면서 동인지에 동참하고, 오래 전에 〈어르신을 위로하고 격려하며〉라는 책, 얼마 전에 〈인류 최고의 지도자 구세주 예수님〉, 최근에 〈사랑의 구세주 예수님〉을 출판했다. 특히 3년 전부터 한국장로신문에 ‘생각하는 신앙’ 을 매주 연재하는데, 전국뿐만 아니라 해외 지부에까지 나의 글이 소개되고 있다.

나는 이 책 〈백세시대를 즐겁고 보람있게〉를 통하여 건강하게 장수하기 위해서는 체력을 유지하기 위한 활동을 해야 하고, 즐겁고 보람있게 생활하기 위하여 취미생활을 필수로 해야 한다고 강조한다.

아울러 누구나 이처럼 자기의 아호나 이름의 뜻을 생각하면서 거기에 알맞은 생활을 하는 것은 최고의 보람된 생활이라고 주장하고 싶다.

재주 많은 어르신

평양에서 여고를 졸업하고 보육교사의 꿈을 품고 있었는데 한국전쟁으로 월남하게 되어 인천에서 오래 살았다. 아이들을 좋아해서 교회의 유년부를 맡아 재미있게 가르치다 교회가 안정되면서 부설 유치원을 설립해 교사가 되어 어린이들의 친구가 되었다. 결혼도 안 하고 즐겁고 보람있게 살았다. 그러나 나이가 들어 독신생활이 문제가 되었다. 그때 마침 양로시설 한나원이 설립되어 초기에 입주하였다.

건강이 좋지 않아 서울 국립의료원에서 진찰을 받았는데 심장판막증으로 조금 무리하게 활동하면 숨이 차서 위험했다. 수술을 하면 무리가 있다고 했지만 완쾌하기를 바라는 마음으로 수술 날짜를 잡았다. 막상 수술하려고 하니 건강이 쇠약하여 자신이 없었다. 보호자는 없고 원장이 확인하니 수술을 안 하겠다고 해서 취소하고 앞으로 몇 달을 살든지 한나원에서 여생을 마치겠다고 하여 함께 돌아왔다.

어르신은 재주가 많아 한나원에서 여러 가지 일을 하셨다. 글쓰기를 잘 하여 신앙간증문과 기도문을 기고자들과 대화하며 자료를 메모해 두었다가 잘 정리하여 원고를 만들어 정기적으로 발행하는 소식지에 연재해서 좋은 읽을거리를 오랫동안 제공해 주었다.

또한 피아노를 잘 연주해서 예배 때마다 은혜롭게 반주를 하여 예배 분위기를 좋게 만들어주었다. 낮은 음으로 변조해 교회에 출석한 어르신들이 찬송가를 쉽게 부를 수 있었고, 외부 손님들이 방문하는 행사에 나이 드신 분이 피아노 독주를 잘 해서 깜짝 놀라게 만들었다.

무용을 잘 하여 경로잔치나 장기자랑 행사 때마다 단골로 아름다운 모습을 보여주었다. 특히 동요 '반달'에 맞춰 무용을 하면 가사에 따라 표정과 몸놀림과 손가락 움직임을 꼭 맞게 연기했다. 거의 전문가와 같은 무용을 끝내면 모두 감탄하며 우레와 같은 박수를 보냈다.

재주가 많아 한나원의 보물이셨던 분이다. 다리에 부종이 생겨 잘 걷지도 못해 밀가루 반죽을 붙이며 고생을 하셨다. 하지만 항상 표정은 밝고 웃는 모습이었다. 그런 어르신이 얼마 후 아쉽게 도 우리와 작별하고 말았다. 처음 예상과는 달리 10년 이상을 한나원에서 사셨다.

이런 어르신이 좀 더 오래 사시면서 자신도 즐거운 생활을 하며 보람을 느끼고, 다른 분들에게도 모범을 보이며 더 많이 봉사했으면 좋았겠는데 그렇지 못한 것이 너무나 안타깝다.

노후가 외로우셨던 어르신

오래 전에 한나원에 입주하신 부부 이야기다. 그들은 아들이 있었지만 함께 살지 못하고 따로 이천의 시골마을에서 어렵게 살고 있었다.

목사 부부였는데 두 분이 입주하게 된 사연이 기구하다. 시골에서 여러 곳에 이사를 다니며 목회를 했는데, 자녀들을 데리고 다니다 보면 전학을 많이 해야 해서 서울에 사는 친척 집에서 학교를 다니게 했다. 자녀들은 졸업 후에도 서울에서 직장생활을 했고, 시골에 있는 부모는 거의 찾지 않았다.

나이가 들어 목회에서 은퇴한 후 자녀들에게 갔더니 잠시는 머물 수 있었지만 미안한 마음이 들고 눈치가 보여서 오래 머물 수 없었다고 한다.

특히 기른 정이 없어서 함께 사는 것이 어색했다. 자식을 제대로 양육하지 못한 죄를 생각하며 함께 살려던 생각을 접고, 처갓집 동네에 와서 폐가를 무상으로 이용하고 있었다. 겨울에는 추워서 비닐로 집 전체를 싸고 나무를 주워다 아궁이에 불을 때며 살았다.

각 읍면동 사무소에 복지담당 공무원이 배치되면서, 마침 아들이 호적에 있어도 오랫동안 연락이 없거나 현실적으로 도움을 주지 못하는 형편이면 노인복지시설에 입소할 수 있다는 시행규칙이 제정되어, 부부가 한나원에 들어올 수 있었던 것이다.

한나원 정문 바로 안에 별도의 작은 건물이 있어 거기에서 생활하게 하였다. 둘이서 편안하게 지내며 예배시간에 대표기도를 하고, 담임목사가 사정이 생기면 새벽기도회나 수요기도회를 대신 인도하며 즐겁고 보람있는 신앙생활을 하였다.

부모의 환경 변화를 알게 된 자녀들이 이따끔 방문하였지만 시설에 대하여는 미안했던지 사무실로 찾아와 인사하지는 않았다.

그렇게 팔십 세가 넘도록 오랫동안 살다 한나원에서 두 분 다 편안하게 별세하였고, 화장한 후 납골함을 유족들이 가지고 갔다.

부모들은 자녀들을 낳은 정으로만 부족하다는 것을 알 수 있다. 낳은 정 못지 않게 기른 정이 더욱 중요한 것은 아닌가 생각하게 한다.

자녀는 역시 함께 살면서 잘 길러야 하고, 그럴 사정이 못되면

방학 때라도 오게 한다든지 수시로 기회를 만들어 방문하든지 해야 한다. 방문할 형편이 되지 않으면 전화로라도 자주 연락하며 기르는 정을 주고 받아야 노후에도 외롭지 않을 것이라 생각한다.

불쌍한 어르신

여자가 결혼하여 애를 낳지 못하면 인생이 불행한 경우가 많은 것 같다. 오죽하면 지금의 어르신 세대는 시집 가서 애를 못 낳으면 시댁에서 쫓겨나는 경우도 있었겠는가?

강원도 분인데 키도 크고 건강한 체질인 분이시다. 결혼한 후 애를 낳지 못하여 남편에게 소박맞아 행상을 하며 전국을 돌아다녔다.

그때는 성냥과 머리빗이 인기가 있어 장사를 할 만했는데 세월이 바뀌어 라이터와 샴푸가 나오니까 장사가 안 되었다.

그래서 충청남도 정남면에서 날품팔이로 농사일을 도와주며 하루하루를 살았다. 식사는 몸이 피곤하다는 이유로 밥 대신 라면을 주로 했다. 젊어서는 이가 튼튼하여 생라면을 과자처럼 물과 함께 먹었다고 한다. 차차 나이가 들자 딱딱하게 느껴져서 깡통에 끓여 먹었다는 것이다.

하루는 몸이 너무 아파 일하러 나가지 못하고 움막집에 누워있었다. 계속 아파서 며칠을 쉬고 있는데, 동네 이장이 아프면 병원에 가자고 데리러 왔다.

그런데 따라갔더니 병원이 아니고 부랑인 시설이었다. 움막에 살다 죽으면 이웃 동네 사람들에게 동네 망신이니까 동리 사람들이 시설에 보내자고 의견을 모아 그대로 행한 것이다.

그 당시 부산에 있던 대형 부랑인 시설에서 직원의 구타살인사건이 발생했다. 국회에서 근본원인을 조사한 결과 정원 초과였다. 그래서 다른 시설들도 정원 외 인원을 분산하게 했다. 그런 사연으로 한나원에도 6명이 입주했는데 그 때 이 분이 들어온 것이다.

이 분은 텃밭에서 일을 잘 하였지만 다른 분들과 전혀 어울리지 못했다. 숙소도 별채에서 혼자 생활하였다. 그러던 중 치매가 와서 이상한 행동을 하였다. 다른 사람들과 자주 다투었고, 원장에게 처음에는 아들 삼자고 말하다가 그 다음에는 같이 나가서 살자고 하였다. 이런 행동이 계속되어 할 수 없이 다른 시설로 전원 조치하였다.

참으로 안타까운 일이다. 과거의 쓰라린 경험을 잘 해소하지 못하고 대인관계를 잘 맺지 못해 이상한 행동까지 하는 모습이 참으로 가련했다.

지금은 불임증의 원인을 조사하여 최대한 해결하고 있어서 억울한 일이 없도록 하고 있으니 참으로 다행이다. 애를 낳지 못한다고 소박을 받아 평생을 외롭게 사신 것을 생각하면 정말 가슴이 아프다.

열심히 사신 어르신

초겨울 날 한나원에 입주하신 어르신 이야기다. 가족이 없어 기초생활수급권자로 들어왔다. 배밭에서 19년 동안 일했는데 연세가 들어 계속해서 일하기가 힘들어지고 혹시 다칠까 염려되어 가을 수확을 끝내고, 주인이 설득하여 시설로 보낸 분이다.

어르신은 시설에 들어와서도 일 솜씨를 발휘하였다. 전지가위를 사주었더니 원내에 있는 여러 나무를 잘 관리하였다. 특히 향나무를 잘 전지하여 오랜만에 멋있게 가꾸었고, 소나무의 모습도 단정하게 변했다.

이른 봄에는 할머니들과 함께 텃밭에 감자를 심었다. 밭고랑을 만들어 주면 할머니들이 쉽게 감자를 심어 즐겁고 보람있는 시간이 되었다. 장마 지기 전에 캐어 간식으로 쪄서 먹으면 꿀맛이었다.

가지와 토마토도 심었다. 토마토 순이 올라가도록 나뭇가지를 잘 세워 주었다. 거의 매일 일을 했다. 매우 부지런한 분이라 쉬지 않고 알아서 일거리를 찾아 즐거운 마음으로 일했다.

연장 창고를 만들었다. 환경정리와 밭일 등을 하면서 필요한 연장을 여러 가지 사들여 보관 창고를 조그맣게 짓고 자물쇠로

잠그고는 혼자만 사용했다.

저녁에는 수시로 마을에 나가 혼자 술을 마시고 취해 비틀거리며 걷다가 경찰차로 들어올 때가 많았다. 가족이 없어 외로워했다. 결혼했었는데 아내가 애들을 데리고 미국으로 가버렸다고 하는데 자세한 사정은 말을 하지 않아서 모르겠다.

참으로 고마운 분이었는데 세월이 가면서 몸이 약해지고 거동이 불편해져 바깥 출입을 못하다 돌아가셨다. 장례식 때 아무도 오지 않아서 시설 직원들이 가족 역할을 했다. 입주자들이 마지막 길의 친구가 되어 주었다. 누구 못지 않게 열심히 살았지만 가족을 이루지 못해 외롭게 가신 분이다.

기구한 운명의 어르신

한 때는 결혼한 아들 가족과 함께 잘 살았다. 그러나 택시 운전을 하던 아들이 병에 걸려 죽고 난 후 며느리와 성격이 안 맞아 조금씩 다투게 되었다.

얌전하고 내성적인 성격의 어르신은 말도 없이 가출했다. 길을 따라 가는 데까지 걷다 굶어 죽을 작정이었다. 무더운 여름이라 한참 걷다 너무 목이 말라 가게에 들어가 물을 좀 얻어 마셨다. 물을 마시고 축 처져 그냥 앉아 있는데 가게 주인이 눈치를 채고 말했다.

"배도 고프지요?"

그러면서 과자 한 봉지를 주었다. 고맙다고 인사하고 하나씩 힘없이 먹고 있는데 무슨 사정이냐고 물었다. 잠시 아무 말하지 않고 있다가 한숨을 내쉬며 자기도 모르게 사정 이야기를 해버렸다. 사정을 들은 가게 주인이 한나원 소식지를 보여주며 말했다고 한다.

"죽기 전에 여기 한번 가보세요."

몇 년 전에 시작한 한나원의 소식지가 마침 그 가게에까지 흘러갔던 것이다. 어르신은 약도를 보고 물어물어 걸어서 밤늦게 한나원에 도착했다.

한나원 직원이 사정을 물었을 때는 그냥 사정이 있어서 집에서 나왔다고만 했다. 아직 65세가 안 되고 건강했기 때문에 주방에서 함께 일하며 생활했다. 주방 일은 물론 청소 등 잡일을 잘 했다.

한 달쯤 지나서 여주에 있는 집에 연락을 했다. 며느리가 금방 와서 울며 미안하다며 집안 사정을 말했다. 자신은 남편이 죽은 후 도자기 공장에 다니고 있다고 했다. 두 딸이 학교에 다니고 있어 생활이 넉넉하지 않았다. 사정을 알고 한나원에서는 어르신이 계속해서 살 수 있도록 했다.

한나원에서 생활하며 연장자 어르신과 특별히 가까이 지내며 언니 동생이 되었다. 텃밭에 채소와 콩과 감자와 옥수수 등을 심고 가꾸고 거두며 항상 함께 일했다. 서로 친형제처럼 의지하며 재미있게 살았다.

한참 지난 후에 입주자격이 되고 몸도 다소 불편하여 일하는 것이 힘들어져서 기초생활수급자로 신청하여 정식으로 입주했다.

명절이 되면 이따끔 며느리와 손녀들이 방문했다. 한번은 며느리가 달라진 사정을 이야기하며 어머니를 모시고 가겠다고 했다. 그동안 간호조무사 자격증을 따고 이발사와 동거하면서 소규모 노인의 집을 운영하게 되어서 어머니를 직접 모시겠다고 했다. 어르신도 언니가 돌아가시고 외로워졌기 때문에 허락하여 정든 한나원을 떠나게 되었다.

얼마 후 그 곳을 방문했더니 길 옆에 있는 작은 이층집으로 아담하게 잘 꾸며 놓았다. 입주자들이 소수라 가족적인 분위기로 봉사자들과 함께 오순도순 재미있게 살고 있었다.

하지만 어르신은 얼마 후에 치매에 걸리고 조금 더 있다가 돌아가셨다. 장례식에 참석하여 예배를 인도했다.

3장

해외여행 이야기

크로아티아 플리트비체 국립공원

동유럽 5개 국가를 다녀오다

나는 해외여행을 자제해 왔다. 몸이 오랜 시간 비행기를 타기가 어렵고 여러 날 동안 차를 타고 다니기가 힘들어 TV 해외여행 프로그램들로 만족하려고 했었다.

그런데 아들이 직장에서 헝가리에 3년 동안 가족 동반으로 출장을 가서 체류하고 있기에 그들을 보고 싶어 부부가 딸과 함께 비행기를 타기로 했다.

우리는 2주 동안 헝가리를 비롯하여 크로아티아, 슬로베니아, 오스트리아, 체코 등 동유럽 5개국의 주요 관광지들을 자동차를 렌트하여 관광하는 재미도 보았다.

노년에 장기간 해외여행을 하려면 몇 가지를 준비해야 후회하지 않을 것 같다. 첫째는 여러 날 동안 이동하려면 무엇보다 건강관리와 체력단련이 필수적이다.

나는 사전에 병에 걸리지 않도록 조심하거나 필요한 약을 먹고, 이천에 있는 낮은 산들을 등산하거나 집 주위를 자주 산책했다. 둘째는 방문국의 기후상태를 알아보고 적당한 옷을 준비해야 한다. 추위에 감기로, 또는 무더위로 고생하지 않을 것이다. 운동화는 꼭 준비해야 한다. 아내가 이전에 단체여행으로 유럽에 다녀올 때 단화를 신고 돌로 포장된 길을 많이 걸어 무릎에 무리가 와 오랫동안 치료한 경험이 있었다. 따라서 운동화와 간편한 옷을 준비해야 건강한 몸으로 여행을 즐길 수 있다. 셋째는 개별여행일 때는 김치 등 한국 밑반찬을 많이 준비하면 좋다. 여행의 경비를 절약할 뿐만 아니라 입맛에 맞는 식사를 해서 힘을 낼 수 있다.

아는 만큼 보인다. 여행하기 전에 방문국의 정보를 최대한 수집하는 것이 좋다. 서점에는 관광서적이 많기에 적당한 것을 선택할 필요가 있다. 여행을 떠나기 전에 반드시 준비물을 리스트로 정해 중요한 것이 누락되어 큰 불편을 당하지 않도록 해야 한다. 상황과 성별에 따라 많이 다르기 때문에 구체적으로 말할 수는 없지만 특히 초보자는 꼼꼼히 챙겨야 할 것이다.

여행의 종류도 고려할 사항이다. 초청 여행이라면 이미 결정된 것이지만 단체관광일 경우 관광 일행의 연령을 맞추는 것이 여행에 무리가 적고 외롭지 않다. 특히 가이드를 잘 따라다녀야 안전하다.

오래 전에 싱가폴 여행 중에 사진을 찍다가 가이드를 놓쳐서 불안해하다 파출소를 찾아 숙소 전화번호로 연락하여 간신히 재회한 적이 있다. 화장실에 갈 때는 가이드에게 말하는 것이 안전하다. 택시를 잘못 탔다가 자칫하면 납치당할 수도 있다고 하니 조심해야 한다.

아들이 있는 헝가리 방문으로 이뤄진 주변국 여행은 각 나라마다 특색이 있어 좋았다. 특히 아들이 가이드여서 여유있고, 좋은 분위기로 마칠 수 있어 하나님께 감사하며 즐길 수 있어 더욱 좋았다.

자유를 즐기는 헝가리

인천공항에서 독일 프랑크푸르트를 경유하여 헝가리 부다페스트로 가는 비행기를 탔다. 장장 13시간을 비행기에 앉아 있어야 해서 흥분 못지 않게 걱정도 들었다. 비행기가 고도를 올리면서 한기가 왔다. 아내는 담요 세 장을 덮고도 추워 잠이 들지 못했다. 귀국할 때는 승무원에게 미리 말해 에어컨을 조정해 준 덕분에 좀 나았다.

지루한 비행기 이동을 마치고 밤늦게 부다페스트에 도착하니 아들이 기다리고 있었다. 야경이 좋다며 해발 230m의 겔레르트 언덕으로 올라갔다. 다뉴브 강을 가로지르는 다리들과 강변에 있는 거대한 국회의사당, 그리고 왕궁 등이 화려하게 자태를 뽐내고 있었다. 부다페스트의 야경이 '다뉴브의 진주'로 불릴 만했다. 언덕의 이름은 헝가리에 기독교를 전파한 이탈리아 인 겔레르트의 이름에서 온 것으로, 언덕에 있는 요새와 평화의 동상 등이 과거의 역사를 펼쳐주고 있었다.

아들 집에서 자고 아침에 일어나 주위를 살펴보니 별천지였다. 주택 지역이 변두리여서 집 주위에 나무들이 엄청 많아 숲속의 별장지대 같았다. 집들은 단층이 많았고 주차장은 집 앞 도로변이나 실내 주차장으로 이뤄졌다. 셋집 빌딩은 5층인데 2층은 사무실로 쓰는 복층 아파트였다. 위는 생활공간이고 아래는 침실과 아이들 공부방이었다. 아이들은 계단을 좋아했다. 어른들은 식사도 할 수 있는 발코니로 실용적인 구조였다.

시내 관광에 나섰다. 마차시 성당에 올랐다. 역대 헝가리 국왕의 대관식이 거행되었던 곳이다. 초기 고딕양식으로 내부의 스테인드글라스가 볼 만하다. 성당 옆에 있는 어부의 요새에서 내려다 보는 다뉴브 강과 시내 전경은 매우 아름다웠다. 부다 지구의 남쪽에 위치해 있는 왕궁은 13세기 후반에 바로크 양식으로 맨 처음 건설되었고, 19세기 후반부터 대규모 공사가 이루어져 20세기 초에 완성되었으나 제2차 세계대전 때 파괴된 것을 전후에 복원했다고 한다.

지금은 역사박물관과 국립미술관과 국립도서관으로 사용되고 있으며 공연도 이루어지고 있다. 헝가리 인들이 시대의 변화에 잘 적응했기에 현재는 자유를 만끽하고 있다는 것을 느꼈다.

일행 중에 미국 시애틀에 살면서 피아노를 가르치고 있는 처제가 있어서 리스트 박물관을 일부러 찾아갔다. 1811년 헝가리에서 태어난 세계적인 피아니스트 리스트가 말년을 보내면서 피아노 레슨으로 여생을 보낸 집이다. 실내에는 그가 애용하던 피아노와 악보 등이 전시되어 있고, 그의 초상화들이 많이 걸려 있어 친근감을 더했다. 마침 그 시간에 중학생들이 단체로 관람하며 강의를 듣는 것을 방송국에서 취재하여 많이 번잡했다.

첫 날은 몸 풀기 정도로 부다페스트에서 유명한 곳을 몇 군데 다녀왔다.

산과 호수가 공존하는 크로아티아

본격적인 장거리 여행을 위해 렌트카를 빌리고 많은 짐을 챙겼다. 남쪽에 있는 크로아티아로 달렸다. 도로에는 의외로 차가 적어 앞에 한두 대가 보이거나 없을 때도 있었다. 평지여서 지평선만 보였다. 개간하지 않은 땅이 많았는데 토지관리를 국가에서 하면서 마음대로 농사를 짓지 못하게 한다고 했다. 집도 거의 보이지 않았다. 화장실에 들렀더니 너무 비위생적으로 냄새가 심하여 코를 막아야 할 지경이었다.

몇 시간 후에 크로아티아 국경선을 통과했는데 차에 탄 채로 여권을 가져가 스탬프를 찍고 나서 인원파악만 했다. 그곳에는 놀랍게도 주변의 모습이 완전히 달라졌다. 밭이나 목장이 보였고 집들도 옹기종기 모여 있었다. 밤 늦게 숙소를 찾았다. 단독주택으로 2인용 침실이 두 개 있고 거실과 싱크대도 있는 펜션이었다.

아침에 일어나 주위를 살펴보니 집이 몇 채 있고 주변에 나무도 많고 잔디도 잘 정리되어 있어 호감이 갔다.

아침식사를 공동식당에서 하고 세계적으로 유명한 플리트비체 국립공원으로 갔다.

피곤을 덜기 위해 위에서 내려오는 코스를 택하기로 했다. 산악열차로 올라간 후 걸어서 내려오는 코스였다. 산꼭대기에 엄청나게 큰 호수가 있어 장관을 이뤘다. 그 물이 여러 곳으로 자연스럽게 흘러 내려갔다.

우리는 관광코스를 따라 내려가면서 기념사진을 찍었다. 크고 작은 호수들과 여러 모양의 폭포를 보며 감탄을 연발하며 구경했다. 물이 한없이 맑았다. 특별히 파란 색이 보기 좋았다. 호수 주변에 같은 종류의 작은 물고기가 수 없이 많았고 이따끔 보이는 오리는 물고기와 따로 한가롭게 떠 있었다. 산 밑으로 내려갈 때까지 16개의 호수를 만났고, 그 물이 자연스럽게 계단식으로 흘러넘치는 수십 개의 폭포를 보았다. 여러 모양으로 있어 그야말로 장관이었다.

나는 이 현상에서 '산과 물이 자연스럽게 공존하고 있다'는 진리를 발견했다. 자연과 인간이 공존하듯이 인간들도 서로 공존할 수 있어야 한다.

피곤한 몸을 이끌고 꼬부랑길로 차를 한참 몰아 아드리아해변의 명승지 오파티아의 숙소에 가서 짐을 풀었다. 주일이어서 아침식사 후 가정예배를 드리고 걸어서 해변으로 내려갔다. 호텔과 음식점 등 큰 건물과 배들이 많았다. 해안도로가 예쁜 꽃들로 장식되었다. 모래사장은 아예 없었고 안벽 귀퉁이에 잔 자갈이 조금 있었다. 피서객들은 선팅의자에 앉거나 누워 있었다.

실망한 기분으로 계속 걸어가니 놀랍게도 크고 아름다운 화원이 나왔다. 사진을 많이 찍고 나서 오래된 전시관의 정원이라는 것을 알았다. 아인슈타인을 비롯한 많은 유명인들이 오래 전부터 방문했다고 공연장 벽에 초상화를 크게 그려놓았다.

세계동굴의 여왕 포스토이나 동굴

오스트라아로 가면서 슬로베니아라는 새로운 나라를 지나게 되었다. 유고슬라비아 공화국에서 독립하여 유럽연합에 가입한 나라로 별로 잘 알려지지 않았지만 오늘 방문하는 포스토이나 동굴은 '세계동굴의 여왕'으로 관광객들이 많이 찾았다.

한국에서 몇 개의 동굴을 보았을 때 규모도 작고 서로 비슷했기에 이 동굴도 별로 기대하지 않았다. 하지만 규모가 엄청나다고 해서 호기심 반 기대 반으로 들어가 보았다.

슬로베니아에서는 무려 10,000개의 지하동굴이 발견되었다. 그 중 가장 빼어난 20개의 동굴을 관광객에게 개방하고 있다. 그 중에서도 가장 크고 유명한 동굴이 바로 포스토이나 동굴로, 지난 200년 간 수많은 황제, 왕, 예술가, 과학자 등을 포함한 전 세계의 사람들이 방문한 곳으로 알려져 있다.

이 동굴이 세계에서 가장 특별한 이유는 다양한 동굴 형태가

한 지역에 형성되어 있는 곳으로 세계 어느 곳에서도 찾아볼 수 없기 때문이다.

동굴에는 끝없는 암흑이라는 극한의 조건에 적응한 150여 종의 동물들이 서식하고 있다. 그 중 가장 유명한 것은 양서류의 일종인 동굴 도롱뇽(올름)으로 '인간 물고기' 혹은 '프로테우스' 라고도 한다. 지금처럼 직접 들어오지 못하고 지하 동굴에 대한 경외심과 호기심만이 있던 시절의 옛 사람들은 동굴 도롱뇽을 '새끼용' 이라고 믿었다.

동굴은 열차를 타고 아름다운 지하 경관을 감상할 수 있다. 동굴열차는 7분 정도 탑승하는데 제법 속도를 내기에 벽에 부딪힐까 아찔할 때도 있다. 은은한 조명으로 신비로운 분위기가 풍기며 마치 지하 마법세계로 이끌려 가는 듯하다.

열차가 멈출 때 내리면 번호 팻말이 보이고 그 앞에 서 있으면 가이드가 설명했다. 휴대하고 있는 수신기를 통해 한국어로도 자세한 설명을 들을 수 있다.

그레이트 마운틴(Great Mountain)에서는 동굴 천장이 무너지면서 만들어진 높이 45m의 언덕에 있는 다양한 형태의 종유석과 석순을 볼 수 있다. 뷰티풀 캐이브(Beautiful Cave)에서는 색상이 아름답고 다양한 종유석과 석순을 볼 수 있다. 눈처럼 새하얀 흰 석순, 붉은 색을 띠는 석순, 뾰족뾰족하고 얇은 바늘처럼 보이는 석순, 스파게티 면이 대롱대롱 매달려 있는 것처럼 보이는 석순 등 각종 종유석들이 아름다운 향연을 펼치고 있다. 다이아몬드 홀(Diamond Hall)은 다이아몬드처럼 눈부시며 이 동굴에서 가장 아름답다. 아이스크림 석순이라고 불리기도 한다. 콘서트 홀(Concert Hall)은 이 동굴에서 가장 넓은 공간으로 약 1만 명이 들어 설 수 있다. 음향효과가 좋아 한때 콘서트홀로 사용되기도 하였다 한다.

블레드 골프클럽의 식당에서 점심식사를 했다. 시간이 모자라 일정을 조절하여 '줄리안 알프스의 보석' 이라고 불리며 아름답기로 유명한 블레드 성과 호수 주변을 관광하지 못한 것이 못내 아쉬웠다.

자연과 예술의 자랑 오스트리아

변화무쌍한 산들을 감상하면서 차를 달려 해질 무렵에 오스트리아의 짤츠감마굿 숙소에 도착했다. 숙소는 조용한 동네의 가운데에 있었다. 시설도 깨끗하고 편리했다.

아침식사를 간단히 차려 먹고 고사우 트래킹을 했다. 스위스에 가서 산악열차를 타고 알프스 산을 올라갔다. 열차의 힘찬 기적소리가 울리더니 산악열차의 덜거덕 거리는 특이한 소리를 내며 올라가기 시작했다.

조금 올라가니 저 아래로 호수가 보였다. 환상적인 풍경이었다. 몇 번 쉬었다가 해발 1,783m의 정상에 올라가니 더욱 장관이었다. 360도 회전을 하며 사방을 둘러볼 수 있는데 여러 개의 큰 호수가 평화롭게 보였다.

정상은 찬 바람이 계속 불어서 긴 팔 옷을 챙기지 못한 것이 아쉬웠다. 놀랍게도 한 쪽은 천혜의 절벽이었다. 그야말로 천길 만길 낭떠러지였다. 한 쪽 바위를 보니 예수님의 십자가가 보였다. 정상에 오를 때 골고다 언덕을 묵상하라는 의미로 느껴졌다.

정상 위에는 휴식처와 호텔이 있었다. 하룻밤 묵고 싶은 생각이 간절했지만 다음 일정을 위해서 내려왔다.

산 위에서 보던 호수들 중 하나를 둘러보기 위해 유람선을 탔다. 호수 주변에 별장 같은 집들이 많이 있었다. 그들의 생활을 보니 부러운 생각이 들었다.

호수 끝의 마을에서 내려 안으로 들어가니 많은 집들이 있는 제법 큰 동네를 이루었다. 물가에 다다르니 학생들이 캠핑을 나와서 공놀이를 하거나 수영을 하고, 어른들은 선탱을 많이 하고 있었다. 아들이 수영복으로 갈아입고 애들과 한참 동안 물놀이를 즐겼다.

저녁에 숙소로 돌아와 휴식을 취하고 이튿날 아침 서둘러서 비엔나로 출발했다. 고속도로 휴게실에서 햄버거와 감자튀김 등으로 점심식사를 간단히 하고, 프랑스의 베르사유 궁전과 더불어 유럽에서 가장 화려한 궁전인 쇤브룬 궁전에 도착했다.

국립 오페라극장의 지하주차장에 주차하고 궁전 뒤에 있는 화원을 먼저 관광했다. 상상 외로 엄청나게 큰 규모였다. 그러나 화려하지 않고 자연스럽고 단순하게 꽃들을 배열했다. 양 옆에는 수 십 개의 대리석 조각들이 고대 로마시대를 연상하게 세워져 있었고 그 뒤에는 키가 큰 나무들이 빽빽이 줄 서 있었다. 화원 끝에는 큰 분수가 있었고 가운데에는 큰 조각상이 물벼락을 맞고 있었다.

궁전 안으로 들어가니 많은 방들이 있었고 화려한 로코코 양식으로 장식되어 있었다. 방마다 왕과 왕비들의 화려한 그림과 가구들이 전시되어 있었다. 특히 커다란 연회장이 눈길을 끌었다. 돌아갈 길이 멀어 다른 지역을 둘러보지 못하고 아쉬움을 남겨야 했다. 오랜 시간 여행으로 모두 피곤하고 지친 모습이었다.

역사 깊은 체코 프라하

아들은 직장에 나가고 안내자 없이 우리끼리 기차를 타고 프라하로 출발했다. 기차를 7시간 타고 편안하게 가면서 여러 가지 재미있는 얘기를 했다. 기찻길 옆에는 키가 크지 않은 아카시아 나무들이 차창 밖으로 계속 펼쳐져 있었고, 밀과 옥수수 밭이 많이 있었다. 놀랍게도 노란 해바라기 꽃밭이 자주 보였다.

호텔에 여장을 푼 후 시내 관광에 나섰다. 택시를 타고 프라하의 서쪽 언덕에 있는 프라하 성으로 올라갔다. 대통령의 집무실이 있어 근위병이 있었다. 안으로 들어서면 성 비타 성당이 웅장하게 서 있다. 성당 정면에 있는 쌍둥이 첨탑, 중앙에 우뚝 솟은 종탑, 남쪽에 있는 황금 문과 곳곳에 보이는 화려한 고딕 양식의 모습은 오랜 시간에 걸쳐 완성되었음을 입증하고 있다.

언덕에 있는 프라하 성은 시내 전체를 조망할 수 있다. 한결같은 빨간 지붕과 노란 벽면이 특색으로 오랜 역사를 자랑하고 있었다.

다리 쪽으로 내려오면서 기념엽서와 내년 사진달력을 샀다. 카를교에 내려오니 많은 인파가 몰려 다녔다. 차량을 통제하는 구역이라 발걸음이 자유로웠다. 많은 기념품 상인과 즉석화가, 거리악사들이 예술적인 분위기를 자아냈고, 다리 난간에 설치된 30개의 검은 성상들이 거룩한 도시임을 보여 주었다.

원래는 '17세기 예수 수난 십자가' 만이 다리의 유일한 장식품으로 200년 동안 간직되었는데, 그 후 나머지의 성상들이 조성되었다고 한다. 검은 성상에 황금색 십자가를 새롭고 빛나게 첨가하여 현대인들에게 기독교의 신앙을 강조하고 있었다.

숙소에 들어가니 피로에 지쳐서 침대 위에 쓰러졌는데 얼마 후에 깨어나니 몸살이 심해 온몸이 떨렸다. 다행히 옷장에 담요 두 장이 있어서 감기는 피할 수 있었다.

호텔에서 아침식사를 한 후 구 시가지 구경을 갔다. 청사와 천문시계는 특이한 모양으로 많은 사람들의 관심을 끌고 있었다. 특히 천문시계는 화려한 모양으로 프라하 성의 야경과 함께 프라하의 상징이 되고 있다. 매시 정각이면 종을 치면서 12사도들이 창문을 열고 모습을 나타낸다.

광장에 둥근 모양의 거대한 청동상이 서 있다. 이 기념비는 교회의 타락과 세속화를 비판하다 화형을 받은 얀 후스와 그의 제자들을 기념하기 위해서 세워졌다. 지금은 사람들에게 약속장소로 인기가 높다.

오랜만에 한식이 먹고 싶어 찾아보았더니 한국인이 경영하는 일식집이 있었다. 회덮밥이 있었다. 우동도 함께 주문했더니 김치도 나와 맛있게 먹었다. 역시 한국인의 입맛은 숨길 수가 없었다.

돌아올 때는 지루한 기차여행이지만 밤이라 빈 자리가 많아 의자 칸막이를 제거하고 누울 수 있었다. 그렇게 자리에 누워 프라하를 생각하며 편안하게 여행할 수 있었다.

4장

어르신의 네 가지 고통

고통을 극복하기 위한 노력

어르신들에게 큰 고통을 주는 것이 네 가지 있으니, 가난 · 질병 · 고독 · 무위(無爲)이다.

가난은 모든 고통의 근원이다. 돈이 없으면 아무 것도 할 수 없기 때문이다. 그래서 경제적인 노후대책은 필수이다. 또한 돈을 아껴서 지혜롭게 써야 한다. 비상금은 끝까지 가지고 있어야 할 것이다.

질병은 할 일을 방해한다. 아프면 만사가 귀찮고 의욕을 잃는다. 특히 본인은 물론이고 주위 사람들도 괴롭힌다. 더구나 누워 있게 되면 사는 의미가 많이 줄어들 것이다.

고독은 일상을 무의미하게 만든다. 자신을 무가치한 존재로 추락시키고, 우울증에 걸려 돌이킬 수 없는 사고를 저지를 수도 있다.

할 일이 없는 것은 인생을 지루하게 만들고, 하루하루가 지겹게 느껴진다. 취미생활은 가장 즐겁고 보람있는 일거리나 재미가 될 수 있다.

우리는 위의 네 가지 고통을 항목별로 검토하고 그 대책과 대안을 생각해 보며 인생의 위기를 극복해 보자.

가난의 고통

우리나라의 어르신들은 경제적으로 노후준비를 하지 못한 분들이 많이 계시는데 그 이유는 무엇보다도 가족제도 때문인 것 같다. 현재의 어르신들은 부모를 정성껏 모셨기 때문에 자녀들이 자기처럼 효도를 잘 해줄 것으로 믿었다. 그러나 사회제도가 변하여 자녀들이 직장 따라 거주지를 옮기면서 부모를 모시기가 어려워졌고 부모에 대한 관심도 적어졌다. 부모와 함께 생활하지 않고 생업에 바쁘고 자기 자녀들을 양육하는 일이 어려워져서 내리사랑은 잘해도 치사랑을 거의 잊어버리고 생활하는 경우가 많이 발생하게 되었다. 특히 경쟁적인 사회가 되어 자녀교육에 매진하면서 많은 물질을 사용하고 있어 별거하고 있는 부모들은 가난해지고 말았다.

어르신들이 이제라도 가난에 대하여 대책을 세우신다면 부동산 등의 재산을 잘 관리해야 할 것이며, 특히 주택보험을 이용하여 노후에 생활비를 충당할 수도 있다.

건강관리를 잘 하여 노환이나 입원비 등 치료비가 많이 들어가지 않도록 유의해야 한다. 노후에 중병을 치료하거나 입원을 한다면 모든 것을 다 털어야 하고 자녀에게까지 부담을 주게 되기 때문이다.

또한 경력이나 재능을 최대한 살려서 직장생활을 하거나 생업을 가지는 것도 도움이 될 것이다. 건강하고 취업기회가 있으면 다시 한번 일해 보는 것도 즐겁고 보람있는 노년생활이 될 것이다.

질병의 고통

어르신들이 아프시면 가장 큰 고통이 된다. 질병은 감기와 같이 계절적인 것도 있지만 천식과 관절염 같은 만성적인 것도 많이 있고 치매와 같은 정신적인 것도 있다.

천식은 고질병으로 특히 밤에 증세가 심하여 잠을 자지 못하도록 괴롭히고 심하면 폐렴이나 폐결핵을 유발할 수 있어 주의가 요망된다. 관절염은 어르신들이 평생 동안 힘든 일을 많이 하셔서 무리한 결과로 나타나는 증상으로 넘어지지 않도록 조심해야 큰 수술을 받고 고생하지 않게 된다.

최근에는 장수하면서 뇌세포가 손상되어 치매증상이 많이 나타난다. 고운 치매는 본인이나 주위 사람들이 답답할 뿐이지만, 미운 치매는 엉뚱하고 위험한 행동을 하여 혼자 있게 하면 아니되고 사고칠 수도 있다. 치매예방을 위하여 긍정적인 사고방식을 가지고 감사하는 생활을 하며 컴퓨터와 핸드폰을 많이 사용하여 머리를 많이 쓰고 손가락에도 자극을 많이 준다.

질병을 예방하려면 무엇보다도 건강관리를 잘 해야 한다. 식사를 잘 하고 적당한 운동을 규칙적으로 하는 것이 가장 중요하다. 감기는 예방주사를 맞아야 하고 피곤이 쌓이지 않도록 하며 가벼운 증세가 나타나면 입과 코를 소독하는 것이 효과적이다. 지병은 의사와 상의하여 적절한 조치를 취하고 혈압이나 당뇨는 약을 정기적으로 복용해야 하며, 정신병은 스트레스를 받지 않도록 생활하며 친구 등과 어울려 취미생활 등을 하며 즐겁고 보람있게 생활해야 할 것이다.

고독의 고통

사람은 사회적 동물이기 때문에 혼자서 생활한다면 외롭고 쓸쓸하여 큰 고통이 된다. 그러나 혼자서 사색을 즐기거나 기도에 열중한다면 그것은 고독이라고 말할 수 없고, 오히려 고차원의 교제를 한다고 말할 수 있을 것이다.

어르신들 중에는 집에서 무료하게 지내거나 밖에 나가서도 혼자서 힘없이 길을 걷거나 공원의 벤치에 혼자 앉아서 하품을 자주 하거나 시계를 계속 들여다보며 지루하게 시간을 보내는 사람들이 적지 않게 있는 것을 주변에서 볼 수 있는데, 그들은 고독의 고통에 시달리고 있는 것이라고 생각된다.

이러한 고통에서 벗어나려면 마음을 열고 사람들과 어울려야 한다. 우선 가족들과 어울리며 대화를 하는 것이 좋다. 배우자와 다정한 이야기를 나누고, 자녀들의 생활에 관심을 가지고, 특히 손자녀들과 친구처럼 어울리며 칭찬하고 격려하는 것은 재미있고 보람된 생활이 될 것이다. 또한 핸드폰이나 컴퓨터로 여러 가지 자료를 검색하거나 친구들과 카톡을 하면 외롭지 않고 재미있을 것이다.

무엇보다도 친구들과 어울려 산책과 등산이나 여행을 하면 건강관리에도 좋고 고독을 모르는 즐거운 생활이 될 것이다. 요즈음 우리나라는 지방자치제이기 때문에 각 시도마다 특색을 살려서 좋은 관광지를 많이 개발하고 있다. 그러므로 멀리 해외에 나가지 않고서도 볼거리와 먹을거리가 많다. 어르신들도 이러한 환경을 잘 이용할 수 있기를 바라고 싶다.

무위의 고통

어르신들이 할 일 없이 무료하게 지내는 것은 큰 고통이 된다. 퇴직 후에도 잠시 동안은 휴식이 편안해서 좋은 것 같지만 한 달 이상 지나면 심심해지고 짜증날 것이다. 가족과 친구들과 어울리는 것도 반복되면 따분하다는 생각이 들 수도 있다.

그러므로 건강하시다면 새로운 직장이나 일거리를 찾아보는 것이 좋을 것이다. 아파트와 빌딩의 관리원이나 복지시설의 관리원이나 운전사 등이 적합한 직종인 것 같고 특별한 기술이나 지식이 있으면 그것을 활용할 수 있는 방법이 더욱 좋을 것이다. 그러나 다른 사람들이 한다고 치킨집이나 커피숍 등을 맹종하는 것은 바람직하지 못한 것 같고 위험부담이 매우 크다.

직업을 다시 가지기는 어렵기 때문에 웬만큼 생활력이 있으시면 취미생활을 하며 인생을 즐겁고 보람있게 사시기를 권하고 싶다. 참고로 바람직한 취미생활을 몇 가지 소개하면 사진찍기 · 화분관리 · 예술활동 등이다.

카메라는 물론 핸드폰의 성능도 좋아 사진이 선명하고 셀프폰도 찍을 수 있으므로 집안행사나 좋은 경치와 꽃 등을 찍으면 보관도 쉽고 무료로 널리 보낼 수도 있어 얼마나 편한지 모른다.

집안에 있는 화분을 관리하면 꽃과 친구가 되어 좋고 가족들도 좋아하고 공기가 정화되어 모든 가족의 건강에 크게 도움이 될 것이다. 특히 어르신들은 반려동물로 개나 고양이를 기르기는 관리가 어려우므로 율마나 스투키 등을 반려식물로 기르면 여러 가지 좋은 점이 많다.

재능에 따라 글쓰기 · 그림그리기 · 서예 · 음악 등의 활동을 하면 가장 가치있고 보람되고 즐거운 최고의 생활이 될 것이다. 특히 동아리에 나가 정기적으로 배우고 등단하거나 출품하여 당선되면 전문가로 인정받아 출판하거나 전시회를 개최하여 더욱 의미 있는 생활이 될 것이다.

5장

노인의 심리

현재는 심리문제 시대

우리나라는 1970년대 이전까지는 가난했기에 먹고 살기가 급해 심리적인 문제는 사치스러운 것으로 생각하고 별로 관심이 없었다. 그러나 1960년대부터 국가의 공업 및 수출정책과 새마을운동의 적극적인 추진으로 경제후진국의 대열에서 탈피하여 개발도상국이 되었고, 1980년대에는 복지국가 건설을 목표로 여러 가지 복지법이 제정되거나 개정되었다. 특히 1988년에 서울올림픽과 장애자올림픽을 개최한 후에는 세계적으로 유명한 나라가 되었다.

그런데 물질적인 문제를 어느 정도 해결하자 그것에 만족하지 못한 인간들이 그랬듯이 우리나라도 정신적인 문제, 심리적인 문제를 안게 되었다.

부모의 과잉보호를 받은 부잣집 어린이가 자신감이나 자율성을 잃고 내성적인 성격이 되어 의지력을 기르지 못하게 되고, 사춘기 청소년들이 심리적으로 불안하여 친구들끼리 어울려 비행을 저지르거나 가출하여 각종 일탈행위를 일삼는 경우가 많이 생겼다.

성인이 되기 전의 젊은이가 올바른 사랑의 대상을 찾지 못하면 고독감에 휩싸이다 고립감에 빠져 예기치 못했던 사고를 돌발적으로 일으키게 된다. 장년기에 가정이나 사회에서 역할을 충분히 수행하지 못하면 인생을 무의미하게 느껴 심리적으로 불안하여 방황하거나 절망하게 된다.

노년기는 인생을 마무리하는 단계로 복잡한 심리 문제가 한꺼번에 작용한다.

먼저 그동안 여러 가지 사정으로 해보지 못했던 일을 죽기 전에 꼭 해보려 의지적으로 노력하는 노인이 있다. 할머니 대학검정고시 합격자가 생기고, 할아버지 박사가 등장하는 이유다.

노년에도 하던 일을 계속하는 사람도 있다. 소위 노익장을 과시하는 사람들이다. 경제계의 인물 중에 70세가 넘었어도 명예회장으로 계속 활동하는 사람들이 여기에 속한다. 소설가, 화가, 서예가 등 예술인들도 많이 있다.

노인이 되어 직장에서 자의반 타의반으로 은퇴하여 하던 일을 중단하는 경우가 많다. 건강관리와 현재의 능력을 감안하여 하던 일을 대폭 축소하는 노인들도 적지 않다.

활동의 계속, 축소, 중단에 따라 노인의 심리적인 변화는 엄청난 차이를 보인다. 따라서 자신의 환경과 여건을 고려하여 적절하게 선택해서 빨리 적응하는 지혜도 필요하다.

노년기는 인생의 성숙기라고 한다. 추수기에 오곡백과가 풍성한 열매를 맺는 것처럼 만물의 영장이라고 하는 우리 인간들도 노후에 자아통합을 성취해야 하겠다. 쓸데없는 욕심을 버리고 지나친 좌절도 극복하고 심리적인 불안도 떨쳐버리고 어른답게 태

연자약한 자세를 취할 수 있어야 할 것이다.

"백발은 영화의 면류관이라, 의로운 길에서 얻으리라. 노하기를 더디하는 자는 용사보다 낫고, 자기의 마음을 다스리는 자는 성을 빼앗는 자보다 나으니라"(잠언 16:31~32)

성경의 가르침이 더욱 절실히 가슴에 와 닿는다.

노인성격의 특성

인간의 성격은 아동기와 청소년기에 형성되기 시작하여 20세 전후에 특정한 형태로 고정, 유지되는 것으로 알고 있다. 하지만 연령증가에 따른 신체적 성장과 쇠퇴, 결혼과 출산, 취업과 은퇴 등에 따라 개인의 성격과 행동이 상당히 변화한다는 사실이 최근에 평생발달 심리학자들에게 의해 밝혀지고 있다. 여기에서는 그들이 밝힌 노인성격의 특성을 살펴보기로 한다.

우울증 경향의 증가

노화에 따른 신체적 만성질환, 배우자의 죽음, 경제적 수입의 감소, 사회와 가족 구성원들로부터의 고립, 일상에서 젊은 시절 때처럼 스스로 여러 가지를 통제할 수 없게 된 점, 지나간 일생에 대한 불만감, 혹은 후회 등 여러 가지 이유가 노년기 우울증의 원인으로 작용한다.

그래서 노인들은 자주 심한 불면증, 뚜렷한 원인이 없이 나타나는 체중감소, 희노애락이 분명치 않은 감정적 무감각, 사소한 일에까지 마음을 졸이는 강박관념과 행동, 마음대로 표현할 수 없는 증오심으로 인한 괴로움 등 여러 가지 증상에 시달리게 된다.

내향성과 수동성의 증가

노화과정에 따라 내향성과 수동성이 증가한다. 사회적 활동과 주위환경에 적극적으로 대응하는데 어려움을 겪는 것이다. 젊었을 때는 어떤 일을 처리하기 위해 솔선수범했지만, 슬슬 뒷전으로 빠지거나 다른 사람이 해주기를 바라는 노인이 늘어나는 이유가 여기에 있다.

남녀 성역할의 지각 변화

노년기의 남자들은 활동이 위축되고 수동적이 되는데, 여자들은 오히려 더 능동적이고 권위적으로 변해가는 경향이 있다. 할머니들이 시어머니가 되어 며느리에게 공격성과 권위주의를 나타내는 경우가 여기에 속한다.

경직성의 증가

노년기에는 편리하고 효율적인 방법이나 기구가 새롭게 개발

되었는데도 이런 것을 사용하기를 꺼려하고 종래부터 사용해오던 것을 고수하려는 경향이 있다. 일반적인 현상으로서 변화하는 환경에 대한 적응능력의 감퇴요인이 된다. 즉 경직성의 증가를 보이는 것이다.

조심성의 증가

젊은이에 비해 노인들은 모든 사물의 판단과 행동에 매우 조심스러워 한다. 대부분의 노인들이 훌륭한 업적의 달성보다는 사고없이 임기를 마치려는 소극적인 자세를 취하는 이유가 여기에 있다.

친근한 사물에 대한 애착심

연령이 많아질수록 일생 동안 사용해온 낡은 물건과 사물에 대해 애착심이 증가한다. 애착의 대상은 가옥, 가구, 사진앨범, 골동품 등 친숙한 물건들로 이뤄진다. 노인들이 친숙한 대상물을 통해 지나온 세월을 회상하고 마음의 평정을 찾는 이유가 여기에 있다.

후세에 유산을 남기려는 경향

정상적으로 늙어가는 모든 노인들은 한정된 사신의 생명을 자각하고 자신의 사후에 자신이 이 세상에 다녀갔다는 흔적을 남기려는 욕망이 강하다. 자손을 낳아 대를 잇고 재산과 유물 등을 자식에게 물려주기를 원하는 이유가 여기에 있다.

세대 차이에서 겪는 노인의 심리

'세대 차이'는 어떤 사항에 대하여 젊은이와 노인들 사이에 태도, 신념, 의견, 가치관, 문제해결 방법이 다르다는 것을 뜻한다. 비록 같은 시대에 한 지붕 밑에서 살아가는 가족이라 하더라도 그들이 속한 세대, 연령단계, 인생의 주기에 따라 세대 차이를 느끼는 것이 현실이다.

노인과 젊은 세대는 출생한 시기에 따라 그들이 살아온 시기가 달라 서로 다른 경험을 했다. 현재 80세 정도의 노인과 50대인 자녀, 그리고 20대인 손자녀를 떠올리면 그 차이는 극명하다.

80세 노인은 일제시대에 출생하여 교육기회의 결핍, 경제적 빈곤, 전쟁의 쓰라림 등을 겪었다. 50대인 자녀는 해방 후에 국민학교 교육을 받았고, 전쟁도 직접 겪지 않았으며 1960년 이후 경제개발계획과 공업화의 추진에 중추적인 역할을 했다. 20대인 손자녀는 새로운 고등교육 제도의 혜택을 받고 컴퓨터와 교복 자율화의 물결 속에 자랐다.

이들 3세대가 출생 시기의 차이로 세대 차이를 느끼는 것은 너무나 당연한 일이다.

노년기에 접어들어 자신의 지나온 일생을 서서히 정리하고 있는 노인들은 이 세상에 다녀간 흔적을 남기려는 경향이 있다. 또한 자녀 세대들이 자기의 대를 이어 줄 것으로 기대하고 오랫 동안 피땀 흘려 모으고 간직한 재산, 종교, 가치관, 가문의 전통 등을 물려주어 앞으로 영원히 계승, 유지 될 것으로 믿고 있다.

이에 반해 젊은 자녀들은 자신의 독특한 개성을 내세우며 새로운 가치관을 갖고 사업을 스스로 창조하려는 경향이 강하다.

이러한 세대 차이는 당연히 인정해야 한다. 아울러 이를 인정한 상태에서 세대 간의 유대관계는 유지되어야 한다.

우리나라는 객관적 유대관계로 95%의 노인이 가족과 동거하고 있다. 미국, 영국, 덴마크 등 3개국은 노인의 84%가 적어도 한 사람의 자녀와 자동차로 한 시간 이내에 갈 수 있는 거리에 살고 있다.

노부모들은 가족 내에서 상호 감정적 유대관계가 깊고 많다고 지각하는 반면에 자녀들은 실제적인 도움을 주고 받는 객관적 물질적 유대관계가 더 많다고 보고 있다.

세대 차이의 특성을 이해하고, 서로 상대의 입장에서 역지사지하는 마음과 행동으로 세대 차이를 극복하기 위한 노력을 부모와 자녀가 서로 기울여야 할 때다.

그 어느 때보다 부모가 자녀를 마음대로 할 수 있다는 생각을 버려야 한다. 특히 지금의 어르신 세대일수록 사회변화에 맞춰 자식을 동등한 인격체로 대해야 한다는 사실을 명심해야 한다. 그것이 세대 차이를 극복해 나가는 지름길이다.

노인이 겪게 되는 정신장애

건강하면 신체적인 것만을 생각하기 쉬운데 실제로는 정신적인 건강을 더 중요하게 생각해야 한다. 지금처럼 가치관과 환경의 변화가 급격한 시대에는 더욱 그렇다.

노인들의 정신장애는 크게 기질성 정신장애와 기능성 정신장애로 구분할 수 있다.

기질성 정신장애는 뇌조직의 파괴나 기능손상과 연관된 정신상태를 말한다. 특징적 증상은 시간, 장소, 사람에 대한 지남력 장애, 지적기능 손상, 기억력 장애, 판단력장애, 이해력 결손 및 정서적 불안 등을 나타난다. 대개 초기에는 일부 증상만 나타났다가 질병경과 초로성 치매, 섬망장애, 치매장애, 건강증후군, 기질성 환각증, 기질성 정동증후군, 기질성 인격증후군 등으로 나타난다.

노년기 기질성 정신장애는 감염 골절상, 울혈성 심부전, 관상

동맥 혈전증, 약물중독, 악성종양, 전해질 불균형 및 신장기능 부전증 등이 원인이 될 수도 있다.

노인들은 감염에 대한 자체 방어능력이 약해 가벼운 호흡기 질환만 걸려도 고열과 심장장애를 보이기에 각별히 주의해야 한다.

노년기 기질성 뇌증후군 중에서 가장 흔한 것은 노인성 치매(노망)이다. 노화현상으로 인해 뇌위축이 일어난 경우로 지적 퇴폐와 인격의 황폐화가 심하기 때문에 진단이 비교적 용이하지만 때로는 예후가 좋은 뇌동맥 경화증으로 인한 정신병 증세와 감별해야 할 필요가 있다.

기능성 정신장애는 크게 세 가지가 있다. 먼저 정신병적 장애로 정신분열증적 장애나 편집증적 장애 등이 있다. 둘째로 신경증적 장애로 조울정신병이나 우울증과 같은 정동장애, 불안장애, 강박장애, 건강염려증, 전환장애, 허리장애 등이 있다. 셋째는 정신생리 장애나 수면 장애 등으로 만성 피로나 두통 등이 있다.

기능성 정신장애 중 정신병적 장애가 노년기에 초발하는 경우는 드물다. 대개 젊었을 때 발병했다가 노년기로 이행되면서 그대로 계속되는 경우가 많다. 이런 환자를 만성 정신분열증이라고 하며 정신병동이나 보호소에서 일생을 마치는 경우가 있다.

서서히 진행되는 정신분열증과는 달리 정동장애는 급성적으로 발병했다가 몇 달간 지속하는 것이 보통이다. 노년기 우울증은 조기우울증에 비해 대상 상실로 인해 유발된 경우가 많다. 특히 배우자의 사별이나 이별, 자녀의 분가, 사회적 지위상실, 정년퇴직 등 생활변화와 연관이 깊다.

노년기에는 누구나 심리적으로 허약해져서 신경증적 경향은 보이지만 전형적인 신경증이나 인격장애가 노년기에 발병하는 경우는 드물다. 대개 일시적으로 나타났다가 빨리 회복되는 것이 상례다.

하지만 노년기에는 주위 인물들이 질병이나 사고로 인해 죽게 되는 비율이 높아 자신의 신체 상태에 대해 항상 깊은 관심을 갖게 되며, 암 공포증 등으로 인해 건강염려증을 갖는 경우가 많다.

정신장애를 극복하고 정신건강을 유지하는 가장 좋은 방법은 절대적인 신앙을 갖는 것이다. 강이나 바다로 피서를 가는 것도 좋지만, 정신장애를 극복하기 위해 기도원이나 수련원을 영혼의 피난처로 삼는 것은 현명한 일이다.

노년기의 우울증과 스트레스

노인은 누구나 우울증 경향을 조금씩 가지고 있다. 신체적, 사회적 상실이 증가하므로 어느 정도의 우울증이 생기는 것은 불가피하다. 특히 정년퇴직이나 배우자의 사망 등이 심리적 스트레스(긴장상태)를 일으켜서 우울증의 원인이 된다. 여자보다는 남자가 더욱 충격을 받는다.

우울증은 슬픈 감정이 무척 심하고, 생활에 대한 흥미와 관심이 결여되고, 활동력이 매우 약해지고, 비관적인 생각이 팽배하여 결국에는 자아존중감이 낮아진다. 자신이 처한 현재와 미래의 상황과 형편을 매우 어둡게 본다.

사소한 일에도 의사결정을 제대로 못하고 자기 혼자 고립되어 외롭게 떨어져 지내거나 아무리 도움을 청해도 아무도 거들떠보지 않는 것으로 착각하기도 한다.

우울증에 빠진 사람은 신체적 증상도 함께 나타난다. 식욕부진, 심한 피로감, 불면증, 불규칙한 설사나 변비 등으로 나타나는 것이다.

우울증 환자는 별다른 이유도 없이 신체적 고통의 증상을 호소하기도 한다. 두통과 요통이 있다고 하지만 의사의 진찰을 받아보면 신체적인 이상은 전혀 발견할 수 없다.

우울증을 치료하는 방법은 여러 가지가 있다.

일반적인 우울증을 포함하여 개인이 불행한 사건을 당하여 일어난 우울증에는 지지치료를 이용한다. 이 방법은 정신치료자, 상담자, 성직자 등이 환자에게 조언과 정신적 지지를 제공해주는 것을 말한다.

정신질환이 더 심한 경우에는 지지치료 이상의 치료방법으로 약물치료, 전기충격치료, 정신치료방법 등이 있다. 약물요법으로 심한 우울증에는 3환계 항우울제를 사용한다. 이들 약품은 대부분 효과가 크고 부작용이 적다. 그러나 입안이 마르는 현상 등이 부작용으로 나타나는 수가 많다.

조울증 치료에는 흔히 지치움이라는 약을 선택적으로 사용한다. 이 약은 효과가 대단히 크지만 치료에 적합한 용량을 조절하여 중독의 위험을 고려해야 한다.

전기충격 치료는 2~10회 정도의 치료로 효과가 있고, 자살기도 환자를 일시적으로 치료할 때 등 위급한 상황에서는 즉각적인 치료효과가 있지만, 이 요법을 너무 쉽게 사용해서는 안 된다.

정신치료는 훈련을 받은 전문가가 환자의 성격상 문제와 감정상의 문제를 심리적인 방법을 써서 치료하는 것이다.

이 방법에는 지지 정신치료, 분석적 정신치료, 인본주의 치료방법, 행동주의 치료법 등이 있다. 최근에는 의견교환, 토론, 교육과 훈련, 충고의 기법을 사용하기도 한다.

행동수정법으로 유쾌한 활동의 수준을 높여서 인생을 즐기는 방법을 가르쳐 주거나, 약물을 통하여 기분전환 등을 추구하게 하고 정신치료를 통하여 생의 의미를 느낄 수 있는 환경을 조성시키는 것도 효과적인 치료 방법 중에 하나다.

죽음을 대하는 노인의 심리

죽음의 과정은 그 사람이 살고 있는 지역사회의 문화적 배경이나 살아온 생활과정, 종교관, 심리적 성숙도와 관계가 깊다.

어떤 사람은 죽음에 직면하여 여러 가지 두려움을 느낀다. 죽을 때 신체적으로나 정신적으로 고통을 당할 것이라는 두려움, 신체를 잃는다는 두려움, 자제력 상실에 대한 두려움, 주체성 상실의 두려움, 죽음 저 편의 세계를 모르는 두려움, 죽는 동안의 고독에 대한 두려움, 사랑하는 사람을 잃는다는 두려움, 죽으면 하던 일과 하고 싶은 일을 하지 못한다는 두려움 등으로 겪는 두려움이다.

이 세상에 대한 부질없는 미련과 내세에 대한 무지에서 오는 잘못된 생각이다.

죽음에 대한 세계적 권위자인 엘리자벳 퀴블러로스는 죽음을 맞이하는 환자의 심리적 변화를 다음과 같이 5단계로 나누었다.

제1단계: 부정(denial)

죽음을 예측한 환자의 첫 번째 반응은 충격을 받고 부정한다.

"아니야, 난 믿을 수 없어. 나에게 그런 일이 일어날 리 없어."

이러면서 진단에 잘못이 있을 수 있다는 생각으로 좀 더 나은 진단이 내려지기를 바라는 마음으로 이 의사, 저 의사를 찾아다니는 행동으로 나타난다.

제 2단계: 분노(anger)

"하필이면 내가 왜?"

이렇게 말하면서 분노를 직접적으로 자기 자신이나, 사랑하는 사람과 주위 사람에게, 심지어 하나님에게까지 나타낸다.

제 3단계: 교섭(bargaining)

생명을 연장하기 위해 의사, 간호원, 가족들 또는 하나님과 교섭하려 한다. 예를 들어 하나님이 생명을 연장시켜 준다면 기독교 신자가 되거나, 교회를 위해, 또는 남을 위해 남은 생애를 바치겠다고 교섭한다.

제 4단계: 우울(depression)

상태가 점점 악화되어 임종에 가까워진 환자는 자신의 실제를 알게 되고, 자신의 상태가 어떤지 질문을 하기 시작하면서 그로 인해 우울증으로 빠지기 시작한다.

제 5단계: 수용(acceptance)

환자가 충분한 시간을 가지고 지금까지의 단계를 지나는 동안 도움을 받았다면 그는 죽음을 받아들이는 수용의 단계에 도달한다.

"그래, 나는 죽어가고 있어."

이렇게 생각하고 어느 정도 조용한 예견 속에 닥쳐올 자신의 종말을 깊이 생각한다. 환자는 이제 침착하고 평화스럽고 뚜렷한 감정을 가지며 본인이나 가족에게도 의지가 되고 힘이 된다.

인간은 미지의 죽음을 맞이할 때 불만과 초조함을 느끼게 된다. 기독교에서는 사람의 영혼이 불멸하다고 믿는다. 인간이 물리적으로 죽을 때 비로소 영혼도 불멸의 경지로 들어가고 삶의 목적에 도달한다. 영혼의 불멸을 믿는 만큼 영생에 대한 희망도 클 것이고 물리적 죽음의 공포도 사라질 것이라고 믿는다.

6장

절대적으로 필요한 신앙

신앙의 필요성을 생각한다

사람들은 평생 동안 연령에 따라 다르게 생활한다. 일반적으로 어려서는 가족과 주위 환경에 따라 살게 되고, 젊어서는 직장과 직업에 매여서 열심히 살지만, 늙어서는 자기중심으로 여유 있게 생활하게 된다. 노후에는 심신이 연약해지기 쉬우므로 하나님을 의지하는 신앙을 필요로 한다.

창조자 하나님을 믿고 의지하자. 인간은 우주만물과 함께 하나님의 피조물이다. 하나님은 전지전능하신 능력으로 모든 것을 영원히 섭리하신다. 하나님의 본질은 사랑과 공의다. 하나님의 무한하고 희생적인 사랑만 생각하여 잘못된 행동을 해서는 안 되고 공의를 생각하면서 하나님의 뜻대로 처신해야 할 것이다.

마귀와 싸워 이기려면 하나님의 전신갑주인 "진리로 허리띠를 차고, 의의 호심경을 붙이고, 평안의 복음으로 신을 신고, 믿음의 방패를 가지고 구원의 투구와 성령님의 검, 곧 하나님의 말씀을 가져야"(엡 6:13-17) 한다.

인류의 최고 지도자이신 예수님을 따르자. 예수님은 하나님의 외아들로 가장 중요한 진리인 사랑을 가르쳐주신 최고의 교육자이시다. 사랑을 직접 실천하여 고아와 과부와 나그네를 돌보아 주시고, 병든 자들을 고쳐 주시며, 죄인들을 용서하기 위하여 죄인의 우두머리처럼 십자가에 달려 돌아가셨지만 삼일 후에 부활하셨고, 사십 일 후에 승천하셨으며 장차 심판주로 재림하실 구세주이시다.

하나님의 영이신 성령님의 인도하심을 받자. 초대교회 성도들은 예수님이 승천하신 후 마가의 다락방에서 사십 일 동안 모여서 기도하고 있었다.

"그 때 홀연히 하늘로부터 급하고 강한 바람 같은 소리가 있더니 온 집에 가득하고 마치 불의 혀처럼 갈라지는 것들이 그들 각 사람 위에 임하더니 그들이 다 성령님의 충만함을 받았고 방언을 시작하였다"(행 2:2-4).

성도들은 "성령님의 열매인 사랑과 희락과 화평과 오래 참음과 자비와 양선과 충성과 온유와 절제"(갈 5:22-23)를 맺어야 한다.

하나님의 뜻대로 살자

사람이 사는 방법은 두 가지가 있다. 자기 마음대로 멋대로 기분대로 욕심껏 사는 방법과 하나님의 뜻대로 사는 방법이다. 자기 멋대로 사는 것이 좋을 것 같지만 금방 싫증이 나거나 잘못되어 방황하다 실망하고 좌절하여 실의에 빠지는 경우가 너무나 많다. 그러므로 사랑과 공의의 하나님 뜻에 따라 살아야 하는데 구체적으로 하나님의 뜻이 무엇인지 알아보자.

하나님의 자녀답게 사는 것이다. 재벌이나 권력자의 자녀들 중에 '갑질' 하는 사람들이 계속 발생하여 사회적인 문제를 일으키고 있다. 하나님의 자녀가 된 성도들은 입양아들이 새로운 부모의 지도를 받으며 그 집의 좋은 전통을 따라서 부모에게 만족을 주는 것처럼, 하나님 아버지에게 기쁨과 영광을 돌려야 한다. 그러기 위해서 겸손한 생활을 해야 한다.

세상 사람들은 교만하고 욕심이 많아 잘못된 생활을 하는 경우가 많은데 성도들은 겸손한 마음으로 이웃을 사랑하며 아름다운 세상을 만들어야 한다.

하나님의 제자로 살아야 한다. 예수님은 "내가 너희를 사랑한 것 같이 너희도 서로 사랑하라"(요 13:34)고 말씀하시며 그 당시에 천대 받던 세리와 여자와 어린아이를 사랑하시며, 특히 어린아이 같이 되어야 천국에 들어갈 수 있다고 하셨다. 십자가를 지시기 전에 겟세마네 동산에서 피와 같은 땀을 흘리시면서 "내 아버지여 만일 할 만하시거든 이 잔을 내게서 지나가게 하옵소서. 그러나 나의 원대로 마옵시고 아버지의 원대로 하옵소서"(마 26:39)라고 기도하시고 온 인류의 죄를 대신해서 십자가에 달려 죽으셨다. 성도들도 예수님의 제자로서 끝까지 순종하는 믿음을 가져야 한다.

성령님의 도구로 살아야 한다. 목수는 망치와 대패 등을 연장으로, 조각가는 망치와 끌을 도구로 사용하여 좋은 작품을 만들어낸다. 하나님의 영이신 성령님은 성도들을 통하여 복음을 전하고 세상을 구원하시며 성도들이 세상의 빛과 소금이 되기를 원하신다.

하늘나라 백성으로 살아야 한다. 성도들은 이 세상에서 하나님의 뜻이 이루어지도록 살아야 하며, 죽어서 영혼이 하늘나라에 가서 하나님과 함께 기쁘게 영생복락을 누리기 위해 살아야 한다.

항상 기뻐하자

성경에 "항상 기뻐하라, 쉬지 말고 기도하라, 범사에 감사하라. 이는 그리스도 예수 안에서 너희를 향하신 하나님의 뜻이니라"(살전 5:16-18)는 말씀이 있다.

성도들이 하나님의 뜻대로 살려면 항상 기뻐하고, 쉬지 말고 기도하고, 범사에 감사해야 한다.

사람은 희노애락의 다양한 감정을 가지고 있기 때문에 항상 기뻐하는 것은 불가능하다고 주장하는 사람이 있다. 그것은 인격의 일부인 감정만 생각하는 것이고, 인격에는 지식과 의지도 있다는 것을 모르는 주장이다.

"웃으면 복이 온다"는 속담을 알아야 하고, 생리적으로는 웃을 때 다이돌핀이라는 호르몬이 나와서 기쁘게 해주며, 내가 웃으면 네가 기쁘고 우리 모두 행복해지는 것을 알 수 있다.

세상 사람들의 기쁨은 물질적인 욕망의 충족이나 명예, 지위, 권세 등에서 얻어지는 기쁨이지만 성도들의 기쁨은 주 안에서 누리는 구원의 기쁨이다.

이 세상의 기쁨은 유한하고 헛된 것이지만 성도들 구원의 기쁨은 언제나 계속되는 영원한 기쁨이다. 하나님이 항상 성도들 곁에 계시고, 성령님이 항상 역사하시며, 예수님의 구원의 은총이 항상 계속되고, 성도들이 고난 중에서도 승리할 수 있고, 성도들이 항상 예수님의 재림을 소망하기 때문이다.

정상적인 사람들은 최대한 기쁘게 살려고 노력하고 있다. 그래서 스포츠를 즐기고 코미디 프로그램을 애청하고 동창회 등에 참석하여 즐거운 시간을 가지려고 하며 가정과 직장에서 즐겁게 살기를 원한다.

하지만 여러 가지 사정으로 실망할 때가 많다. 하지만 성도들은 항상 기뻐할 수 있는 의지와 신앙이 있어야 한다. 특히 신앙으로 예수님을 본받고 선배들의 모범적인 신앙자세를 따라서 여러 가지 위기를 극복하고, 모든 것을 하나님의 뜻으로 생각하고, 지혜롭게 변함없이 항상 기뻐하며 신앙생활을 잘 해야 한다. 바울과 실라는 감옥에서도 기도하고 찬양했다(행 16:16-24).

쉬지 말고 기도하자

기도는 영혼의 호흡이다. 호흡을 중단하면 죽을 수밖에 없는 것처럼 기도를 중단하면 영혼이 죽게 된다.

기도는 꾸준히 드려야 한다. 기도는 하나님을 만날 수 있는 유일한 통로이므로 기도를 중단하면 하나님과의 교제가 끊어진다. 따라서 기도를 쉬게 되면 사탄의 시험을 받아 시험에 들게 되므로 조심해야 한다. 어떤 사람은 간구할 일이 있을 때만 기도한다. 기도는 먼저 하나님께 영광 돌리고 감사하고 잘못을 회개하고 간구하는 것이다. 그러므로 간구할 일이 없어도 기도할 내용이 많다.

자신도 모르게 하나님을 이용하여 자기의 목적을 이루려고 해서는 안 된다. 오히려 참 좋으신 하나님 아버지와 자주 교제하기 위하여 꾸준히 기도해야 한다.

기도는 응답 받을 때까지 해야 한다. 기도할 때에 자기만 열심히 기도하고 끝나면 안 된다. 반드시 응답을 기다려야 한다.

응답에는 세 가지가 있다. 하나님의 뜻에 따라 올바로 기도했으면 즉시 긍정적으로 응답을 받고, 잘못 기도했으면 부정적으로 응답 받고, 아직 받을 준비가 되어 있지 않으면 기다려야 한다. 예를 들어 어린 아이가 칼을 달라고 하면 성장하여 칼을 제대로 쓸 때까지 기다렸다가 주어야 하는 것처럼 하나님도 다 때를 기다리신다.

기도는 평생 동안 드려야 한다. 사람이 식사를 죽을 때까지 하는 것과 같다. 성도들이 기도하는 것은 젊을 때에 소원성취를 위해서 기도하고, 장년 때에 열심히 일하게 해 달라고 기도하는 것으로 끝나서는 안 된다.

모든 것은 끝이 좋아야 되는 것처럼 기도하는 것도 인생의 마지막인 노년에 기도를 열심히 해야 한다. 지금까지 지내온 것에 대하여 감사하고, 그동안 살면서 알고 지은 죄, 모르고 지은 죄를 회개하고, 노후에 건강해서 실수하지 않도록 기도하고, 끝까지 신앙을 가질 수 있도록 기도해야 한다.

범사에 감사하자

미국 사람들은 "감사하다"라는 표현을 잘 하는데 한국 사람들은 이 말을 하는 것을 어색하게 생각하고 있는 것 같다. 성도들은 하나님의 사랑과 은혜에 감사하며 범사에 감사할 수 있어야 한다.

일반 사람들은 좋은 일이 있을 때만 감사한다. 우리 나라 사람들은 기복신앙이 강하기 때문에 부자가 되거나 출세했을 때 순간적으로 감사할 뿐 금방 걱정과 불안에 휩싸이기 쉽다.

범사에 감사하기는 어렵다. 범사에 감사하려면 모든 일을 긍정적으로 생각하고 수긍할 수 있어야 한다. 하나님이 모든 일을 주관하시며 모든 상황에서 하나님의 놀라운 뜻이 있는 것을 깨달아야 한다.

구약성경을 보면 요셉은 형들의 모함을 받아 애굽(이집트)에 노예로 팔려 갔다. 왕의 시위대장(경호실장) 집에서 가정총무로 열심히 일하다가 주인집 부인의 유혹을 뿌리쳤지만 누명을 쓰고 감옥에 갇혔다. 하지만 그 안에서 많은 죄수들을 돌보아주다 술 맡은 관원의 꿈을 해석해 준다. 그 관원이 복직되었지만 배은망덕했다. 하지만 바로 왕의 어려운 꿈을 해석해 주었고, 왕은 7년 가뭄을 극복하기 위해 요셉을 국무총리로 세워 주었다. 요셉은 곡식을 사러 온 형들을 용서해 주고 모든 가족을 애굽에 와서 살게 했다. 정말 기적 같은 일이 생겼는데 이것은 모두 하나님의 섭리였다.

성도들은 범사에 감사할 수 있어야 한다. 성도들은 하나님의 섭리를 모르기 때문에 식사할 때 자기 입맛대로 편식하는 것처럼 자기 마음대로 골라서 감사하면 안 된다. 참 좋으신 하나님을 믿고 하나님께 무조건 감사해야 한다.

전지전능하시고 사랑과 은혜가 풍성하신 하나님이 성도들의 믿음을 보시고 감당할 수 있는 축복을 부족함이 없이 채워주신다.

"너희는 이 세대를 본받지 말고 오직 마음을 새롭게 함으로 변화를 받아 하나님의 선하시고 기뻐하시고 온전하신 뜻이 무엇인지 분별하도록 하라"(롬 12:2).

2부

어르신들을 위한 시

1장

장단 맞춰 멋지게 즐겁게

난타 공연

많은 사람 앞에서

어르신들이
신나게 북을
두드리신다

정신 없이
기분 좋게

장단 맞춰
멋지게 즐겁게

다듬이질처럼
기분 좋게
신명나게

구경꾼들은
어깨가 들썩들썩

취미생활

아무도 세월을
속이거나
어길 수 없네

세월 따라
편안하고 건강하고
지혜롭게 살며

생각 않고
할 일 없이
허송세월하지 말고

자기의 적성에 맞는
취미생활하며
즐겁고 보람있게
살아야 하리

예술적인 취미가
가장 고상하리라

보람된 날들

매일 할 일이 많아

화분 관리
친구들과 산책
신문사 칼럼쓰기

가족과 지인들
카톡 이메일로 소식을
주고 받으니

오늘도 보람된
하루가 빨리도
지나간다

친절과 웃음의 열매

나의 친절은
배려하는 마음과 태도에서 나오며

나의 웃음은
감사한 마음과 습관에서 꽃피고

너의 기쁨은
나의 친절과 웃음에서 자연스레 생기며

우리 사랑은
서로 사랑하여 한 가족이 되고

우리 만족은
나와 너의 결합에서 즐겁게 솟아나고

모두 행복은
친절과 웃음과 기쁨과 만족과 사랑이
열매 맺는 것이니

나와 너와 우리 모두는
행복의 축복을 받으리라

팔순잔치는

평생 배워야 한다는
말이 있는 것처럼

노년에 글쓰기 공부를 하니
재미가 솔솔 나고

동인지에 실린 내 글을 보면
마음이 흐뭇해지며

주간 신문에 연재되고 있는 글이
삼년을 넘기고 있기에

팔순잔치는
출판기념회로 하고 싶다

어르신들을 모시고

어르신들과 함께
동고동락 30년
주일예배 찬양예배 수요기도회
매일 새벽기도회를 정성껏 드렸네

처음에는 함께 먹고 자며
연탄보일러를 관리하고
텃밭에 채소와 토마토를 심고
고구마와 감자와 콩을 수확했네

게이트볼을 함께 치고
설봉공원의 행사에 참여하며
동해안 바다와 설악산 구경하고
별천지 제주도 가서 관광을 즐겼네

하오나 지금은
안타깝게도 많은 어르신들이
거동 불편하시어 실내생활하시며
프로그램의 재미에 빠져있네

옛날도 그립지만
천국의 영생복락을 사모하며
지금의 생활에 만족하네

노후 사계

봄에는 새 마음으로
새 출발하자

여름에는 새 힘을 내어
무더위를 이기자

가을에는 새 생각으로
풍성한 결실을 맺자

겨울에는 새 몸으로
추위를 극복하자

봄 여름 가을 겨울을
아름다운 계절로 만들어

노년생활을
즐겁고 보람있게

무더운 여름

무더운 한여름이 되었네

곡식과 과일은 익어가고
수박과 참외는 제철을 만났고

어린이는 축 늘어지고
청년들은 힘겹게 일하는데

어르신들은 시원한 정자에 앉아
지난 이야기를 하며 정담을 나누네

위기를 지혜롭게 극복하며
노년을 즐겁고 보람있게

가을에

풍성한 수확의 계절에

넓은 들판엔 벼이삭이 고개를 숙이고
과수원엔 사과와 배 포도가 주렁주렁

고향 찾아 도로에는 귀성행렬
반갑게 만나 포옹하며 정다운 이야기

자녀손을 반기는 어르신들
즐겁고 보람있게

풍성한 가을의 친구가 되자

결실의 계절

지난 여름은 유난히 덥고
비가 오지 않아서
사과도 데고 고추도 말랐네

허나 가을이 되니
벼를 수확하고
밤과 대추도 풍요롭구나

어르신들
지난 세월 고난과 역경을 이겨내고
인생의 결실을 맺었으니

무더위도 가뭄도
고비를 극복하면
꿈을 이뤄 결실하리라

겨울나기

추운 겨울이 시작되었네

나뭇잎은 떨어지고
나무는 오들오들

학생들은 방학으로
집에서 활동을

직장인들 퇴근하면 집으로 돌아와
가족들과 오순도순 정담을

어르신들 출입을 자제하고
집에서 즐겁고 보람있게

추운 겨울철에는
누구나 건강관리를

보물섬 제주

비행기 타고 가니
환경이 완전히 다른
딴 세상

어린이에게는 동화의 섬
학생에게 수학여행
청년에게 신혼여행
장년에게 취업 기회
노년에게 추억

중국인에게 환상의 섬
볼거리 먹을거리 많고
계속 편리해져
아예 살고 싶어
사버리는 섬

여유가 있다면
떠나고 싶지 않은
보물섬
환상섬

노년의 해외여행

노년의 해외여행은 망설여지지만
아름다운 추억을 만드네

해외에 거주하는 자녀가 있어
손자녀의 변한 모습을 보니
더욱 알찬 노후를 챙길 수 있어

비행기를 십여 시간 타고
기차로 일곱 시간 달리고
자동차도 몇 시간씩 타지만
가족들과 얘기하니
시간 가는 줄 모르네

크로아티아에서 본 산과 호수들의 공존
슬로베니아에서 체험한 동굴의 세계 여왕
오스트리아에서 산악열차 타고 알프스 산의 정상
산 아래의 많은 호수들과 평화로운 마을들

비엔나 왕궁의 넓은 정원과 화려한 내부 시설
부다페스트의 오랜 역사와 아름다운 다리들
프라하의 많은 성당과 동상들과 유적들

해외여행은 잊지 못할 황홀한 추억
평생 동안 아름답게 간직하리라

2장

어르신이라는 말을 들을 때는

우리나라 사람들은 감사할 줄을 잘 모르는 것 같다.
그러나 조금만 깊게 생각해보면 감사할 일이 너무나 많다.
개인적으로, 가정적으로, 사회적으로, 국가적으로, 세계적으로,
기쁠 때나 슬플 때나, 평안할 때나, 어려울 때나, 괴로울 때나.....
어떤 상황에서든지 긍정적으로 생각하며, 항상 기뻐하자, 범사에 감사하자.

봄비 꿀비

겨울눈이 안 와서
가뭄을 걱정했는데
입춘이 지나자
봄비가 흡족히 내려

대지가 촉촉이 젖고
나무의 잎눈 꽃눈이
새 힘을 얻어
꿀비가 되니

농부들 얼굴에
미소 가득하고
어르신들의 마음
한시름 덜었네

아름다운 노년

학식에 관계없이
지혜롭게 사시며

말씀과 행동에
실수가 없으시다

자녀손들에게
지혜를 가르치고

감사하는 마음으로
아름답게 사신다

어르신이라는 말을 들을 때는

나이 많은 것만으로도
예전에는 모두 존경을 받았지만

지금은 학대까지 받아야 하는
가련한 신세가 되었네

하오나
'어르신'이라는 말을 들을 때는
자부심을 느끼며
그 의미를 살리고 싶어

정신 차려 처신하고
바른 자세를 가져야 하리라

세배

설날에 아랫사람들은
윗사람들에게 세배를 하네

집안의 어른들은
자녀손들에게 세배를 받네

용돈을 주며
덕담을 나누네

오늘은 어른으로 대접받아
기분 좋은 날이네

성묘

추석이 되어
돌아가신 분들을 찾아
성묘하네

온 가족들이 모여서
반가운 인사를 나누고
먼저 하나님께 예배드리네

조상의 사랑에 감사하고
생전의 모습을 생각하며
진심으로 존경하네

후손들은 조상들을 생각하며
서로를 사랑하며 화목하여
부끄럽지 않게 살아야 하리

배움엔 끝이 없어

어르신들은 옛 지식만 가지고
만족하며 자랑할 것이 아니라

새 지식도 배워서 사용해야
현재의 세상을 즐길 수 있으리라

젊은 사람들에게
여러 가지 지식과 기술을 배워

세상 돌아가는 것을 습득하고
그들과 소통해야 하리라

열심히 배우고 익혀서
보람있는 생활을 해야 하리라

침대에 누웠다고

나이 많아지면
다시 아기 된다더니

세수와 식사
도움 받아야 하고
모든 일
스스로 챙기지 못하네

기저귀 차고
아기처럼 살아야 되네

사람 구실 제대로 못해도
자기가 어른인 것을 알고 계시니
인격만은 무시하지 말고
존중해 주어야 하리라

대가족

정답게 살고 있네
온가족이 함께 모여

어르신들은
아이들의 재롱을 귀여워하고

자녀들은
노부모를 공경하며
아이들을 양육하고

아이들은
어르신을 존경하며
부모를 따르네

즐거운 생활을 하며
행복한 가정을 꾸미네

어르신의 지혜

생활의 지혜는
경험에서 얻는 것

오래 사신 어르신들은
경험이 많으시다

어르신들은 젊은이들에게
지혜를 가르쳐야 하리라

젊은 사람들은 어르신들에게
겸손하게 배워야 하리라

서로 가르치고 배워서
실수를 반복하지 말고 살아야 하리라

어르신이라면

어르신은 많은 사람들과
어울려야 하리

어린이의 보호자가 되고
학생의 선도자가 되며
청년의 인도자가 되고
장년의 위로자가 되어

가정의 어른이 되고
사회의 선배가 되며
국가의 원로가 되어

쓸모 있는 존재로서
역할을 감당해야 하리라

백세 인생

백세가 되어
 사람답게 살려면

자기 몸을
 추스를 줄 알고
생각이
 건전하며
말을 분명히
 전달하고
말을 올바로
 알아듣고
보람있는
 일을 하며
어른답게
 처신하여

존경 받을 수 있는
 사람이 되어야 하리라

3장

위로하고 격려하며 친구처럼

노부부

평생을 함께
살아가며

언제나
동고동락하네

위로하고 격려하며
친구처럼 배려하네

세월이 가도
알콩달콩 백년해로하며

서로 도와가면서
인생을 즐기고 있네

세대 교체

사람은 자라서 때가 되면
열심히 일하여 사회에 공헌하고

나이 들어 힘들고 무리가 되면
다음 세대에게 물러주네

적당한 때에 인수인계 잘 하고
세대교체해야만 하리

힘껏 달리고 바톤을 넘겨준 후
편안히 쉬어야 하리

다음 세대는 책임지고
더욱 발전시켜야 하리라

지팡이

스핑크스의 수수께끼처럼

어려서는 네 발로
신나게 기었고

젊어서는 두 발로
힘차게 활동했는데

늙어서는 세 발로
조심조심 걷고 있네

그나마 걸을 수 있으니
다행일세

휠체어

어린아이로 되돌아가
의지하는 신세가 되었네

젊은 장애인들은
자유롭게 사용하지만

어르신들은 도움을 받아서
간신히 거동하네

그래도
외출할 수 있으니
얼마나 고마운가

겨울에도 단비가

가을엔 비가 적어
저수지까지 바닥 드러나고
제한급수까지 하더니

겨울에 단비가
반갑게 내려
해갈 되고 있네

비록 경력이 부족해도
은퇴 후에 최선을 다하여
보람있는 일을 해야 하리

세월이 가고
시대가 변하여도
열심히 살아야 하리라

눈

흰 눈이 쌓여
온 세상을 하얗게
하나로 덮었네

아기 때는 장난감
학생 때는 친구
운전할 때는 위험물

그러나
어르신께는 폭발물
조심해서 안전하게

순간을
방심하였다가
평생을 후회하리

눈 세상

온 세상을 덮었네

나무는 흰 모자를 쓰고
풀들은 이불을 덮고

사람들은 온 몸에 맞으며
다정하게 걷고 있네

어르신들은 옛날을 회상하며
구경만 해야 하고

인간의 마음도 흰 눈 닮아
깨끗하게 변해야 하리

꽃샘추위

따스한 날씨가 계속되더니
갑자기 추워졌고

경기가 한동안 좋았는데
곤두박질치고

일자리가 많았는데
청년들이 갈 곳이 귀하고

쉬어야 할 어르신들이
대신 나서고 있네

하루 속히 꽃샘추위가
물러가야 하리라

물러가라,
얄미운 추위야 !

배웠으면

집안이 좋아서
유학을 했거나

머리가 좋아
공부를 해서

출세했더니
부러움을 샀네

노후에는 지식을 활용해
사회에 봉사해야 하리

그러나 자랑치는 말고
겸손하게 감사해야 하리라

못 배웠기에

집안이 어려워
배울 기회가 없었고

공부에 관심이 없어
배우지 않았다

불편할 때가 많고
서러움을 많이 당해서

자식들은 공부시켜
대물림하지 않기를 바라네

어리석으면

못 배운 것을 떠들며
경거망동하거나

배운 것을 자랑하며
아니꼽게 행동한다

불평불만하며
거칠게 처신하고

세상을 비관하며
자포자기하네

어리석은 처신을
조심해야 하리라

4장

잔주름 있지만 깨끗한 얼굴

고운 얼굴

잔주름 있지만
깨끗한 얼굴

산전수전
겪으셨지만

모든 것을
극복하시고

편안한 마음으로
즐겁게 사시네

건강한 생활

아침에 일어나니
몸이 개운하다

밥맛이 좋고
힘이 생긴다

즐거운 마음으로
모든 일을 처리한다

지인들과 연락하고
친구들과 어울린다

재미있게 지내는데
세월이 아쉽다

백세 건강

백세시대에 건강은
가장 중요하여

건강한 마음으로
편안하게 생활하고

건강한 생각으로
즐겁고 행복하게

건강한 몸으로
자유롭게 활동하며

노년생활을
제이 인생으로
새롭고 즐겁게…

준비된 노년

어려운 시대에 태어나
생사를 넘나들고

학업을 연마하며
고생도 많았지만

힘들게 일하여
생활 안정시키고

개미처럼 준비하여
늙어도 걱정 없네

행복한 하루

모든 사람에게 건강이 제일이지만
특히 어르신에게 건강은 소중하네

아침에 기분 좋게 일어나서
떠오르는 태양을 반갑게 맞이하고

하루 종일 즐거운 마음으로
여러 가지 일을 잘 처리한 후

저녁식사를 맛있게 들고
가족들과 웃음꽃을 피우고

잠자리에 들어 금방 꿈나라에 가니
행복한 하루가 되었네

눈 세상처럼

온 세상이
동화의 나라가 되었네

하얀 모자를 쓰고
흰 옷을 입고 있으니

고운 말을 하고
예쁘게 행동하며

선한 일을 하고
이웃을 사랑하며

이 세상의 눈처럼
하나가 되기를

치매 증세

갑자기 변하여
이상하게 행동하네

길을 잃어버리고
가스불 켠 것도 잊어버리네

가족도 몰라보고
친구도 모르네

생각도 없이 행동하고
행동에 책임감이 없네

회복이 어려워 안타깝지만
어쩔 수 없어 답답하네

치매에 걸리지 않도록
최대한 예방해야 하리라

고운 치매

얌전하게 생활하여
우울증으로 오해하기 쉽네

어린애처럼 잘 챙기지
못하여 답답하네

배가 고파도
먹을 것을 찾지 않아
잘 챙겨주어야 하네

문제를 일으키지 않고
다른 분과 다투지 않아
그나마 다행일세

미운 치매

너무 거칠어
미친 것 같네

물불 가리지 않고
거칠게 행동하네

주위 사람에게
폭언과 폭행도 하네

벽지와 장판을
마구 뜯어 버리네

기저귀를 빼고
대소변을 바르지만

친절하게 대해주면
얌전해지기도 하네

치매 예방

노화현상으로 뇌세포가
매일 손상되고 있으므로

손가락의 말초신경을
많이 자극하고

머리를 많이 쓰는
놀이를 하고

친구들과 어울려
즐겁게 생활하고

손뼉을 치며
한바탕 웃고 웃어

치매 걸려 후회 말고
예방하여 즐겨보세

중풍이지만

아침에 일어나니
턱이 삐뚤어지고

갑자기 쓰러지더니
팔다리 마비되었네

팔이 불편하여
식사가 어렵고

다리 사용 어려워
위험하게 걸으시네

그래도
혼자서 거동하시니
천만다행일세

독신 생활

함께 살아도
어려운 인생인데

어쩌다 먼저 보내고
혼자가 되었나

음식을 직접 준비해서
외롭게 식사하고

독수공방에서
쓸쓸하게 지내시네

자녀와 연락하며
힘을 내시고

친구와 어울리면서
허전함을 메우시기를

할머니 독신

옥신각신 말다툼해도
함께가 좋았는데

혼자 살다보니
외롭고 쓸쓸하네

밥도 혼자
먹어야 하고

빨래를 해도
그이 것이 없고

TV를 봐도 함께
웃어 줄 사람이 없고

그이를 생각하니
후회되는 것도 많네

5장

세상이 새로워지고

빠른 세월

젊은 시절
한창 때가
엊그제 같은데

어느새 고개를 넘어
귀가 어둡고
눈이 침침하고
할아버지가 되었네

너 늙어 노인 되고
나 젊어 너였으니
너와 내가 따로 없네

새해

오른다 새 해가
힘차게
붉고 밝게
환호성을 들으며

세상이
새로워지고
사람들이
생기를 얻으니

어르신들도
건강하게
행복하게
새해를 맞으시기를

새로운 봄

삼라만상이 새로워진다

새싹들이 돋아나고
개구리가 깨어나고
개나리와 벚꽃이 활짝 웃고

새 학년이 시작되고
새롭게 직장에 출근하고
새로운 계획을 시작하고

노년생활이 시작되고
취미생활을 즐기고
친구들과 재미있게 어울리며

노년생활을
즐겁고 보람있게

초겨울

인생의 봄 여름 가을 지나
초겨울 되었네

지난 가을엔
풍성한 수확 거두었지만
어느새 단풍 들었네

나무가 찬 바람에
잎사귀 떨어뜨리 듯
인간도 나이 앞에서
직장 내려놓네

아직 엄동설한 아니니
나무가 월동 준비하 듯
인생도 끝나기 전에
마무리 잘해야 하리라

연말에

어느새 연말이 되었으니
세월이 빠르기도 하다

연말을 반기는 사람이
얼마나 있을까

어르신들은 모두
피하고 싶어한다

허나 피할 수 없으니
하루하루를 열심히 살아야 하리

세월

빨리도 가네
어느새 일 년이 지났다

각자 자기 일을 하며
열심히 살았겠지만

어르신들에게는 더욱 빠르니
시간을 매어놓을 수도 없고

남은 세월도 얼마 없으니
정신을 차려 세월을 아껴야 하리

인생의 겨울

화려한 가을이 지나면
쓸쓸한 겨울이 오듯이

왕성한 장년이 지나면
조용한 노년이 오네

인생의 겨울이 오면
지나간 인생을 정리하고

새로운 세상을 준비하며
즐겁고 보람있게 살아야 하리

핵가족

애중지 키워
결혼시켰더니

따로 나가
둘이만 사네

보고 싶어도
자주 안 오고

바쁘다고 연락도
이따끔 하네

세상이 변하니
가정도 바뀌네

빈곤하지 않도록

팔자가 사납다고
불평만 늘어놓았고

열심히 일하지 않으며
한창 때를 다 보냈고

조금 번 재산도
아낌없이 다 써버렸고

조금 남은 재산도
자식에게 모두 주고

지금은 빈털터리 되어
어렵게 살고 있네

허나 정신차려서
위기를 극복해야 하리

후회하지 말아야

매일 아침 일어나지만
밥 먹고 할 일이 없다

모든 일에 자신이 없고
아무 것도 흥미를 못 느낀다

만사가 귀찮고
하루가 지겹고 따분하다

그러나 아까운 인생이니
나중에 후회하지 말고

할 일을 생각하고
찾아보아야 하리

노년에 병이 들면

침대생활이
지겹다

식사 보조를 받지만
밥맛이 없다

지루한 생활이
이어진다

죽을 날만
기다려진다

허나 하늘나라의 소망을
가져야 하리라

주름진 얼굴

힘들게
살아오셨네

어려운 세월
찌든 가정
힘겨운 생활
새겨져 있네

허나 이제는
한 세월 지나갔으니
펴시지요
주름살을

구순 잔치

어려울 때 태어나서
고생도 많으셨지만

이를 악물고
모든 난관을 물리치고
열심히 살아오셨네

고희 팔순을 지나
잔칫상을 받으시니

축하드립니다 ~
만수무강하옵소서!

낙엽 앞에서

조금 전까지만 해도
화려한 자태로 탄성을 받았는데

이제는 나무에서 떨어져
주저앉고 말았네

하오나 땅바닥에 뒹굴러도
세상을 아름답게 장식하고 있네

이처럼 육신은 쇠약하고
정신이 아물거려도

인생의 마무리를
끝까지 잘해야 하리

질곡의 일생

암흑시대에 태어나
자유를 모르고 자랐고

해방의 기쁨도 잠시
전쟁과 가난에
찌들며 고생하시면서도

한 맺힌 공부
자녀교육에 쏟고
의지하며 여생을 보내려고 하셨는데

사회가 변하여
외롭고 쓸쓸한
신세가 되셨네

희생만 하신 어르신들
헛수고 하신 것이 아니라
희망의 다리가 되셨네

6장

거룩한 예배

회개

지금까지 살아오면서
알게 모르게 지은 죄가 많다

모든 죄는 깨닫는 대로
하나님 앞에 회개해야 하리라

개인적으로 잘못한 것도 많지만
교회 공동체가 잘못한 것도
회개해야 하리라

잘못 행동한 것들도 있지만
묵인한 것들도 회개해야 하리라

잘못한 것을 반복해서 회개만 할 것이 아니라
같은 것을 계속해서 회개만 해도 안 되리니

같은 잘못이 반복되지 않도록
지혜롭게 행동해야 하리라

기도

연약한 인간은
하나님을 의지해야 하리니

기도는 전능하신
하나님과 대화하는 통로

성도들은 부족함을 깨닫고
하나님께 간구해야 하리니

확실한 신앙을 가지고 기도하면
하나님이 사랑으로 채워주시리라

예배

예배는 성도들이
하나님을 찾아가는 것

성도들은 성전에서
신령과 진정으로 예배드려야 하는 것

하나님께 회개의 기도를 드리고
기쁨으로 찬양하고

하나님의 말씀을
설교를 통하여 듣고

은혜와 사랑에 감사하고
성령님의 감동을 받고

하나님께 영광 돌리고
축복을 받아야 하리라

거룩한 예배

마음을 가다듬고 성전에 들어가서
의자에 앉아 경건하게 머리 숙인다

세상에서 신앙생활 바로 하지 못한 것
생각해 보며 진심으로 회개한다

찬송가를 크게 부르며
하나님의 성호를 찬양한다

성경말씀을 하나님의 말씀으로 받으며
주의 종의 설교를 하나님의 명령으로 듣는다

지금까지 지내온 것을 감사하며
정성껏 헌금을 드린다

교회소식을 듣고 친교를 나눈 후
축도를 받고 성전을 떠난다

주께 찬양

태초에 우주만물을 창조하
시고
영원히 섭리하시는 하나님을 찬양하자

인류의 역사와 인간의 생사화복을
주관하시는 하나님을 찬양하자

하나님의 독생자이시지만
이 땅에 오신 구세주 예수님을 찬양하자

선한 목자가 되셔서 어린 양과 같은
불쌍한 사람들을 사랑하신 예
수님을 찬양하자

죄인의 괴수처럼 십자가를 지고
희생양이 되신 예수님을 찬양하자

하나님의 영으로 인간의 모든 것을
인도하시는 성령님을 찬양하자

승천하여 하나님 우편에 계시다가
심판주로 오실 예수님을 환영하자

하나님의 말씀

성경의 필자는 많지만
저자는 성령님 한 분이시다

성경은 하나님의 말씀으로
만고불변의 진리이다

성경 안에 하나님의 뜻과 사랑이
기록되어 있다

성경에는 인류를 구원할
예수님의 복음이 수록되어 있다

성도들은 성령님의 인도하심에 따라
성경을 읽고 깨닫고 실천해야 하리라

하나님의 뜻대로

불신자들은 자기의 주관대로 생각하며
기분대로 멋대로 욕심껏 살고 있지만

성도들은 기도하고 성경 읽고 찬송 부르며
하나님의 뜻에 따라 신앙생활을 해야 하리라

하나님은 서로 사랑하고 화목하여
평안하게 살기를 바라시며

하나님은 항상 기뻐하고 쉬지 말고 기도하며
범사에 감사하기를 원하신다

간절한 기도

사랑과 은혜가 풍성하신 하나님께
영광을 돌립니다

이 험악한 세상에서 지켜주시는 것을
생각하며 감사드립니다

하나님의 뜻에 따라 살지 못한 것을
진심으로 회개합니다

노후생활을 하나님의 말씀에 순종하며 살기를
간절히 기도합니다

한국교회 지도자들이 목회를 잘 하여
교회가 세상의 빛과 소금이 되기를 원합니다

한국교회 성도들이 신앙생활을 잘 하여
한국이 더욱 복음화 되기를 축원합니다

한국교회가 세계 평화와 남북통일을 위하여
사명 감당하기를 간구합니다

범사에 감사

일반 사람들은 잘해주어야
감사하다고 말하지만

하오나 성도들은
범사에 감사해야 하리라

모든 일에는
하나님의 뜻과 섭리가 있으니

성도들이 잘못한 일이 있으면
먼저 회개해야 하리라

성도들에게 모든 일은
합력하여 선을 이루느니

내가 먼저 변화되어야
세상이 새로워지리라

전도하자

전도는 예수님의 지상명령이며
죽어가는 영혼들을 살리는 일이니

최고의 사랑을 실천하여
가까운 이웃에게 복음을 전하자

같은 민족에게 국내 전도하고
세계 인류에게 해외 선교하자

전도는 인간의 능력으로 안되며
성령님의 권능을 받아야 가능하리라

영생복락

험악한 세상에서
신앙생활을 잘 할 때

비난과 고통 속에서
고난과 역경을 당할 수도 있네

하오나 천국에 가서는
하나님의 품 안에서

천군천사와 함께
믿음의 선배들과 같이

하나님을 찬양하며
영생복락하리라

부록

어르신들을 위한 자료

제1회 노인의 날 대통령 연설

친애하는 국민 여러분, 그리고 자리를 함께 하신 여러분!

오늘 처음 제정한 제1회 노인의 날을 온 국민과 함께 경축하며, 이 뜻 깊은 기념식에 참석하게 된 것을 매우 기쁘게 생각합니다. 저는 먼저 노인복지 향상에 크게 기여한 공로로 영예로운 상을 받으신 분들에게 진심으로 축하의 말씀을 드립니다.

정부는 경로효친의 아름다운 전통을 더욱 발전시켜 나가기 위해 올해부터 10월을 '경로의 달'로, 10월 2일을 '노인의 날'로 정하여 기념하게 되었습니다. 이는 노인세대가 국가발전에 기여하신 노력과 업적을 높이 기리고, 노인복지에 대한 사회적 관심을 높이기 위한 것입니다. 나이 드신 분들에 대한 공경은 사회윤리와 가치관을 바로 세우는 첫걸음이라 믿습니다.

국민 여러분! 지금 우리가 누리고 있는 자유와 번영은 바로 노인세대의 헌신과 노력의 결실입니다. 이 분들은 식민과 분단, 전쟁과 가난의 엄청난 고난을 온 몸으로 헤쳐나온 우리나라 현대사의 주역입니다. 아무 것도 없는 허허벌판 위에서 세계가 기적이라고 부르는 우리의 경제발전을 이끌어 낸 주인공이 누구입니까? 우리는 노인세대들의 공로를 결코 잊어서는 안됩니다.

저는 지난 95년 '삶의 질의 세계화'를 선언하고, 노인복지를 포함한 '국민복지 기본구상'을 마련했습니다. 작년 3월에는 노인문제를 보다 종합적으로 해결해 나가기 위한 '노인복지 종합대책'도 수립했습니다. 이에 따라 내년 7월부터는 저소득 노인들이 생활안정을 돕기 위해 경로연금을 지급하게 될 것입니다.

노인성 질환에 대한 의료보험 급여범위를 넓히고, 노인병원을 비롯한 복지시설도 확충할 것입니다. 특히 '치매 10년 대책'을 세워 장기 요양시설과 전문병원을 계속 늘려 나가도록 했습니다. 공공시설의 이용을 비롯한 '경로우대제도'도 늘려 나가고 있습니다.

노인들이 적극적인 사회활동을 지원하기 위해 고령자 취업과 자원봉사 대책도 수립해 추진할 것입니다. 정부는 지난 3년 동안 노인복지 예산을 매년 평균 42%씩 크게 늘려 왔으며, 내년에도 40% 이상 증액하기로 했습니다.

저는 이와 같은 노력이 선진복지 사회를 앞당기는데 크게 기여할 수 있기를 기대합니다.

자리를 함께 하신 여러분! 21세기를 눈앞에 두고 있는 우리는 지금 국가적으로 매우 중요한 역사적 전환기를 맞고 있습니다. 번영된 선진국가, 통일된 일류국가를 만들어 가야할 시대적 책무가 우리에게 있습니다. 이와 같은 소명을 다하기 위해 우리 사회의 원로이신 여러분의 역할은 여전히 막중합니다. 정치, 경제, 사회 각 분야에 걸쳐 여러분의 많은 경험과 지혜를 필요로 합니다.

다시 한번 온 국민이 국가발전에 총력을 다할 수 있도록 여러

분이 적극 참여하고 이끌어 주실 것을 당부 드립니다.

국민 여러분! “어버이를 사랑하는 사람은 남을 미워하지 않고, 어버이를 존경하는 사람은 남에게 오만하지 않다”고 했습니다. 정성을 다해 노인을 공경하고 웃어른을 모실 때 진정 우리 사회는 더불어 사는 하나의 공동체가 될 것입니다.

청소년 문제를 비롯한 오늘날의 많은 사회문제들을 풀어갈 수 있는 열쇠가 바로 여기에 있다고 생각합니다. 노인복지를 향상시키기 위해서는 정부는 물론, 가족과 사회 구성원 모두가 힘을 모아 나가야 합니다.

오늘 이 자리가 우리나라 노인복지 향상에 새로운 이정표가 될 수 있기를 기대합니다. 이처럼 성대한 행사를 준비해 온 관계자 여러분의 노고를 치하하며, 나이 드신 모든 분들의 건강과 행복을 기원합니다. 감사합니다.

1997년 10월 2일

대통령 김영삼

노인강령

우리는 사회의 어른으로서 항상 젊은이들에게 솔선수범하는 자세를 지니는 동시에 지난날 우리가 체험한 고귀한 경험 업적 그리고 민족의 얼을 후손에게 계승할 전수자로서의 사명을 자각하며 아래 사항의 실천을 위하여 다 함께 노력한다.

1. 우리는 가정이나 사회에서 존경받는 노인이 되도록 노력한다.
2. 우리는 효친경로(孝親敬老)의 윤리관과 전통적 가족제도가 유지 발전되도록 힘쓴다.
3. 우리는 청소년을 선도하고 젊은 세대에 봉사하며 사회정의 구현에 앞장선다.

노인의식개혁 행동강령

가. 책임과 임무

① 존경받는 자세 지니기

② 전통문화 선양에 앞장서기

③ 자녀 손과 청소년 선도하기

④ 일하는 노인이 되기

⑤ 노인회 활동에 적극 참여하기

나. 성실과 청렴

① 언어와 행동 바로하기

② 약속과 시간을 준수하기

③ 분수에 맞도록 생활하기

④ 허례허식 없애기

⑤ 수혜의식 배제하기

다. 봉사와 화합

① 겸손하고 친절하기

② 내 일보다 모두의 일 앞세우기

③ 협동과 화합에 앞장서기

④ 상호간에 비방 모함 안하기

라. 공익과 질서

① 법질서와 사회규범 잘 지키기

② 공중도덕 준수하기

③ 공공시설을 소중히 하고 아껴쓰기

④ 자연환경보호에 앞장서기

마. 통일 의지

① 공산당 바로 아는 노인되기

② 민주통일방안 홍보하기

③ 젊은이들에게 6.25 실정 일러주기

노년을 지혜롭게 사는 방법

1. 집에서 누워만 있지 말고 끊임없이 움직여라. 움직이면 오래살고 누워있으면 일찍 죽는다.

2. 하루에 하나씩 즐거운 일거리를 만들어라. 하루가 즐거우면 평생이 즐거울 수 있다.

3. 돈이 들더라도 젊은 사람들과 어울려라. 젊은 기운이 유입되면 활력이 넘치고 오래살 수 있다.

4. 성질을 느긋하게 가지고 여유 있는 모습을 보여라. 조급한 사람이 언제나 손해보고 세상을 먼저 떠난다.

5. 좋은 책을 읽고 또 많이 읽어라. 마음이 풍요해지고 교양이 쌓이면 품위 있는 노년이 된다.

6. 과거의 영광을 떠올리며 대우를 받으려고 하지 말라. 어제가 다르고 오늘이 다른 게 우리가 사는 세상이다.

7. 지하철 敬老席을 좋아하지 말라. 선불리 행동하면 치매 초기로 오해 받는다.

8. 매일 목욕으로 몸을 깨끗이 하라. 그래야 사람들이 냄새나는 노인이라고 피하지 않는다.

9. 병을 두려워하지 말라. 한 가지 병은 장수하고, 무병을 과시하면 단명이 될 수 있다.

10. 지혜로운 사람과 어울려라. 바보 같은 사람과 어울리면 어느 새 바보가 된다.

11. 무엇을 남기며 얼마나 가치 있게 살 것인가를 생각하라. 내가 가지고 떠날 것은 하나도 없다.

– '행복한 삶' 에서

노년 좌우명

1. 규칙적인 운동을 하라.
2. 금연하라.
3. 음주를 절제하라.
4. 음주운전을 완전히 포기하라.
5. 체중조절은 적정히 하라.
6. 정기적으로 혈압을 점검하라.
7. 승차시에는 반드시 안전벨트를 착용하라.
8. 집에 화재감지기를 설치하라.
9. 건강정보를 최대한 활용하라.
10. 종합적인 건강관리를 하라.

면역력을 강화하는 10가지 원칙

노인들은 환절기에 몸의 균형이 깨져서 병균이 쉽게 침입할 수 있으므로 평상시에 면역력을 강화해야 한다.

1. 과로하지 않는다.
2. 걱정거리가 있어도 너무 오래 고민하지 않는다.
3. 마음을 느긋하게 갖고 화를 내지 않는다.
4. 몸을 자주 움직여 근육을 사용한다.
5. 영양을 골고루 섭취하는 식사를 한다.
6. 적정 수면시간을 지킨다.
7. 사람들과 원만하게 지낸다.
8. 취미 생활을 한다.
9. 자주 웃는다.
10. 자연을 가까이 하고 예술을 즐기며 오감을 자극한다.

– '건강보험' 잡지에서 옮김

걷기 운동의 효과

1. 걷기 운동으로 얻어지는 효과

⑴ 심장병을 예방한다.

⑵ 골다공증을 예방한다.

⑶ 혈액순환을 원활히 해준다.

⑷ 당뇨병을 예방한다.

⑸ 비만을 예방한다.

⑹ 혈압을 떨어뜨린다.

⑺ 스트레스 해소에 도움을 준다.

2. 걷기 운동을 효과적으로 하는 방법

⑴ 자신의 몸 상태를 무시하고 마음만 앞서서 무리하게 운동을 하는 것은 오히려 건강에 해가 된다.

⑵ 일주일에 5일, 하루에 30분씩 걷는다.

⑶ 근육을 이완시킨 다음 걷기 운동을 한다.

⑷ 바른 자세로 걷는다.

건강한 노후를 위해서 돈 안 드는 걷기 운동을 실천해 보자.

노후 건강이 가장 중요한 재산이다.

– 김형태 박사의 글에서 발췌

장수비결 14가지

1. 새벽 참새와 같이 일어나는 사람은 장수한다.
2. 장이 맑은 사람은 장수한다.
3. 균형있는 식사를 하라.
4. 채식은 장수를 약속한다.
5. 몸을 항상 청결히 하라.
6. 웃음을 잊지 말고 살아라.
7. 질투와 노여움, 증오감을 갖지 말라.
8. 원만한 인간관계를 유지하라.
9. 자신이 하고 있는 일에 자부심을 가져라.
10. 육체적인 활동은 장수 필수조건이다.
11. 항상 충분히 휴식하라.
12. 공복 시 한 모금의 담배는 수명을 1년 단축시킨다.
13. 부드러운 음식은 노화를 재촉한다.
14. 자연으로 돌아가라.

장수자들의 공통점

1. 항상 열심히 살았다.

2. 모든 일에 편견을 두지 않았다.

3. 식사는 가볍게 간단히 했다.

4. 일찍 자고 일찍 일어났다.

5. 근신 · 걱정 · 불안 · 초조 · 죽음에 대하여 공포심에 사로잡히지 않았다.

6. 올바른 신념을 가지고 인생을 살았다.

소통의 법칙

1. '앞' 에서 할 수 없는 말은 '뒤' 에서도 하지 말라. '뒤' 에서 하는 말은 가장 나쁘다.

2. 말을 독점하면 적이 많아진다. 적게 말하고 많이 들어라 '

3. 허물은 덮고, 칭찬은 자주 하라.

4. 내가 하고 싶은 말보다 상대방이 듣고 싶어 하는 말을 하라.

5. 칭찬에 '발' 이 달려 있다면, 험담에는 '날개' 가 달려 있다.

6. 나의 말 한 마디가 누군가의 인생을 망칠 수 있다.

10년을 더 사는 7가지 건강법

1. 적당한 수면을 취할 것(하루 7~8시간)
2. 아침식사를 챙길 것(식사를 안 하면 오히려 비만 초래 우려)
3. 간식을 가급적 피할 것(규칙적인 식생활 유지)
4. 정상 체중을 유지할 것(자신의 키-100x90%)
5. 적당한 운동을 할 것(유산소운동 하루 20~30분
6. 절주할 것(미국인 사망원인 10%가 술이 원인)
7. 금연할 것(담배 한 개비가 5분 30초 수명 단축)

장수식의 7가지 비결

1. 간소하다.
2. 저칼로리, 저콜레스테롤
3. 현지 작물 이용
4. 자연 그대로의 샘물
5. 같은 패턴의 식생활
6. 즉시 조리해서 먹는다.
7. 콩깍지, 과일 껍질 그대로

건강장수를 위한 6가지 조건

1. 너무 이름을 떨치기 위해 애쓰지 말라.
2. 대범하라.
3. 언행을 조심하라.
4. 과음, 과식하지 말라.
5. 과로하지 말라.
6. 무절제한 생활을 피하라.

중국의 불로 7원칙

1. 일찍 일어나고
2. 잘 자며
3. 7할만 먹고
4. 항상 걸으며
5. 잘 웃고
6. 어물어물 말며
7. 날마다 일한다

건강관리 13개 요령

1. 머리를 두드리라.
2. 눈알을 사방으로 자주 움직여라.
3. 콧구멍을 벌려 심호흡을 하라.
4. 입안에서 혀를 자주 굴려라.
5. 잇몸을 마사지하라.
6. 즐거운 노래를 부르라.
7. 귀를 당기고, 비비고 때리라.
8. 얼굴을 자주 두드리라.
9. 어깨와 등을 마사지하라.
10. 배와 팔다리를 두들기라.
11. 곡도를 강화하라.
12. 손바닥을 부딪쳐 박수를 쳐라.
13. 발마사지를 자주 하라.

– 김형태 박사의 글에서 발췌

행복한 노년 위한 15가지 행동

1. 체중 · 운동량 · 식단 등에 관한 건강계획을 짜서 실천한다.
2. 매일 아침을 먹고, 규칙적으로 식사한다.
3. 최소 주 2회 생선을 섭취한다.
4. 충분히 잔다.
5. 다른 사람과 적극 교류한다.
6. 주 3회 이상 규칙적으로 걷기 등 유산소 · 근력 · 유연성 운동을 한다.
7. 식후 이를 꼼꼼히 닦는다.
8. 취미생활을 즐긴다.
9. 피부 건강에도 신경을 쓴다.
10. 종교생활, 명상 등을 통해 심신을 가다듬는다.
11. 간식은 과일과 채소 등 건강에 좋은 것으로 한다.
12. 매일 한 컵 이상 우유를 마시고 물도 자주, 충분히 마신다.
13. 금연과 절주(금주)를 실천한다.
14. 매사에 감사한다. 가능하다면 '감사일기'를 쓰자.
15. 삶이 팍팍하다고 느껴질수록 일부러라도 웃자.

– 이기수 기자의 건강쪽지

생명을 단축시키는 7가지 나쁜 습관

1. 폭음 · 폭식
2. 게으르고 태만한 생활
3. 흡연습관
4. 과도한 음주
5. 찬 음식을 즐기는 습관
6. 과다한 수면이나 수면 부족
7. 아침식사를 하지 않는 습관

백세청년 7가지 비결과 실천 방법

어떻게 하면 건강하게 100년을 살 수 있을까? 유사 이래 수많은 장수비법들이 나타나고 사라졌다.

17세기 유럽에선 당대 최고의 과학자들이 수은을 장수의 만병통치약으로 믿고 장기 복용하기도 했다. 요즘도 갖가지 생약이나 자연에서 찾아낸 신비의 영약들이 수백만 원씩에 거래되고 있다.

그러나 과학으로 입증된 장수 방법은 그리 특별하지 않다. 적게 먹고, 마음을 긍정적으로 가지며 배우자와 함께 좋은 환경에서 사는 것 등으로 대부분 누구나 실천할 수 있는 것들이다.

현대과학이 밝혀낸 장수의 비결 7가지를 소개해 본다.

소식(少食 – 蔬食)하자

현재까지 알려진 가장 확실한 장수법이다. 지난 70여 년간 물고기, 파리, 쥐, 원숭이 등 수많은 동물 실험에서 수명연장 효과가 확실히 입증됐다.

미 국립보건원(NIH)이 붉은털원숭이를 두 그룹으로 나눠 관찰한 결과 식사량을 30% 줄인 그룹은 정상적인 식사를 한 그룹에 비해 사망률은 8%, 암 · 심장병 · 당뇨 · 신장병 등 노화 관련 질환 발병률은 18% 더 낮았다. 쥐 실험에선 식사량이 30% 줄면 수명이 최대 40% 늘어났다

사람 대상 연구에서도 효과는 입증되고 있다. 최근 미국 루이

지애나 주립대 연구팀이 입원 환자들을 조사한 결과 적게 먹는 환자들은 인슐린 수치와 체온이 낮고 DNA손상도 적었다. 세 가지는 모두 장수의 지표로 알려진 수치들이다.

같은 대학 연구팀이 48명의 건강한 성인을 대상으로 6개월간 실시한 실험에서도 식사량을 25% 줄인 그룹의 인슐린 수치가 정상식사를 한 그룹에 비해 낮았다.

소식과 장수의 연결고리는 세포들이 느끼는 위기감에 있다. 세포는 평상시 자기보존과 세포재생에 에너지를 나눠 쓴다. 식사량이 적어지면 생존의 위기감을 느낀 세포들은 재생에 쓰던 에너지까지 유지보수 쪽에 투입하기 때문에 세포 소멸이 줄어들고 이는 곧 수명 연장으로 이어진다.

물론 무조건 적게 먹는 것이 최선이라는 말은 아니다. 식사량을 크게 줄이는 대신 비타민 미네랄 등 필수 영양소는 충분히 섭취해야 한다.

저(低)체온을 유지하자

2006년 11월 세계적 과학잡지 〈사이언스〉에 동물실험에서 밝혀진 새로운 장수 방법이 공개됐다. 뇌, 심장 등 신체 내부 장기(臟器)의 온도인 심부체온(深部體溫)을 낮추면 수명이 늘어난다는 연구결과였다.

미국 스크립스 연구소 브루노 콘티 박사팀이 유전자 조작으로 쥐의 체온을 0.3~0.5℃ 낮춘 결과 암컷은 20% 수명이 연장됐다. 이를 인간의 나이로 환산하면 7~8년에 해당한다. 콘티 박사는 '헬스데이뉴스' 지와의 인터뷰에서 "이번 연구는 소식 외에도 수명을 연장하는 또 다른 방법이 있음을 보여준다"고 말했다.

저체온이 장수에 도움이 된다는 사실은 사람 대상 연구에서도 입증된 바 있다. 미 국립노화연구소(NIA) 조지 로스 박사팀이 '볼티모어 노화연구(BLSA)' 참가자 718명을 조사한 결과 체온이 낮을수록 수명이 더 길었다.

과학자들은 체온이 낮아지면 체온 유지에 들어가는 에너지가 줄어들고 에너지 생성 과정에서 발생하는 '활성산소' 도 그만큼 감소하기 때문으로 추정하고 있다.

이에 따라 과학자들은 체온을 일정하게 유지하는 역할을 하는 뇌 속 '시색전부(Preoptic area)' 에 체온이 높아진 것처럼 거짓 신호를 보냄으로써 결과적으로 체온을 떨어뜨리는 방법들을 연구하고 있다.

적절한 자극을 즐겨라

미국 정부의 의뢰를 받은 존스홉킨스 대학 연구팀이 1980년부터 9년간 8개 핵 잠수함 기지 조선소에서 일하는 근로자 2만 7872명과 일반 조선소 근로자 3만 2510명을 추적 조사한 결과

핵 기지 근로자들의 전체 사망률이 24% 더 낮았다.

백혈병 등 각종 암과 순환기 호흡기계 질환에 의한 사망률도 마찬가지로 낮았다. 방사선과 전문의들을 대상으로 장기간의 추적 조사도 결과는 같았다.

옥스포드 의대 리차드 돌 교수가 82년(1897~1979년)간 영국에서 배출된 남성 방사선과 전문의 2698명을 1997년까지 추적 조사한 결과 일반인들에 비해 사망률이 28% 더 낮게 나왔다.

적은 양의 방사선과 같은 적절한 외부 자극은 인체 면역체계를 활성화시켜 장수에 도움이 된다. DNA 수리효소와 열충격단백질(HSP) 등이 외부 자극 회복에 필요한 정도 이상으로 많이 분비되면서 기존에 입었던 작은 손상들까지 모두 치유하기 때문이다.

적절한 육체와 두뇌운동을 즐겨라

런던대(UCL) 공중보건과 마이클 마멋 교수가 1997~ 1999년 영국 20개 부처 공무원 5,599명을 조사한 결과에 따르면 소득수준이 가장 높은 그룹은 최하층에 비해 대사증후군(고혈압 뇌졸중 심장병 등이 복합적으로 나타나는 증상) 유병률이 2~4배 낮았다. 마멋 교수는 상급자들은 삶에 대한 지배력과 사회 참여의 기회가 더 많기 때문에 더 오래 산다고 설명했다.

고학력일수록 오래 산다는 연구도 있다. 런던 정경대(LSE) 사회정책학과 마이클 머피 교수팀이 러시아인 1만 440명을 조사한 결과 대학 졸업자는 초등학교 졸업자보다 기대수명이 11년 더 길었다. 고학력일수록 사회적으로 성공할 확률이 높기 때문이다.

학력이 높으면 더 오래 사는 이유를 생리적 요인에서 찾기도 한다. 두뇌의 용적과 뉴런의 숫자로 결정되는 두뇌보유고(Cognitive Reserve)가 높을수록 치매 등 노화에 따른 뇌세포의 퇴행에 더 잘 버틴다는 것이다. 두뇌보유고의 고저(高低)는 선천적 요인이 크게 작용하지만 더 중요한 것은 후천적 노력이다. 뇌의 능력은 20대 중반에 최고조에 이른 뒤 계속 내리막길을 걷기 때문이다.

건강한 노년을 보내고 장수하려면 중년 이후 두뇌운동과 육체적 운동을 꾸준히 해서 두뇌보유고를 높여야 한다.

긍정적 태도를 갖자

1960년대 중반 노스캐롤라이나 대학에 입학한 6,958명을 대상으로 다면적 인성검사(MMPI)를 실시한 뒤 2006년까지 40여 년간 추적 조사한 결과 긍정적인 태도를 지닌 2,319명은 가장 부정적인 2,319명에 비해 평균수명이 42% 더 길었다.

2004년 예일대 연구팀이 발표한 논문에서도 긍정적인 사고를 가진 사람은 부정적인 사람보다 7.5년 더 오래 사는 것으로 나타났다.

긍정적인 사람은 청력(聽力) 소실과 같은 노인성 질환 발병률도 낮았다. 예일대의 대베카 레비 교수가 뉴헤이븐 지역에 거주하는 70세 이상 노인 546명의 청력을 36개월 주기로 검사한 결과 노화에 대해 긍정적으로 받아들이는 노인들은 부정적인 그룹에 비해 청력 손실도가 11.6% 낮았다.

긍정적인 태도는 스트레스 호르몬 '코르티졸' 수치를 낮춰 면역성 질환 알츠하이머병 심장병 등에 걸릴 확률을 낮추는 효과가 있다.

친구, 이웃 등과 친밀관계를 유지하라

친구, 이웃 등과의 친밀한 관계는 수명을 연장한다. 울산대의대 예방의학교실 강영호 교수팀이 6년간 30세 이상 성인 5,437명을 대상으로 조사한 결과 미혼자는 기혼자에 비해 사망률이 6배 높았다.

미국 시카고 대학 노화센터 린다 웨이트 박사가 중장년층을 대상으로 조사한 결과에서도 심장병을 앓고 있는 기혼 남성은 건강한 심장을 가진 독신남성보다 더 오래 살았다.

아내와 함께 사는 남성은 매일 한 갑 이상 담배를 피워도 비(非)흡연 이혼 남성만큼 오래 산다는 연구도 있다.

친구도 도움이 된다. 호주 연구팀이 70세 이상 노인 1,477명을 10년간 추적 조사한 결과 교우관계가 가장 좋은 492명은 하위

492명에 비해 22% 더 오래 살았다.

대화할 상대, 어려울 때 의지할 수 있는 사람이 있으면 두뇌활동과 면역체계가 활성화된다. 스트레스에도 더 잘 대처할 수 있다.

심리적인 효과 외에도 함께 사는 배우자나 자식 등으로부터 받는 건강 정보와 경제적 지원 등도 장수에 좋다.

좋은 주거 환경을 갖춰라

하버드대 공중보건대 연구팀이 보스턴의 부유한 지역과 가난한 지역 거주자들의 사망률을 조사한 결과 거주자의 사망률이 39% 더 낮았다. 영국 글라스고의 가난한 지역 거주자들은 기대수명이 54세에 불과하다는 조사결과도 있다. 주변환경이 나쁘면 노화의 징후도 빨리 온다.

워싱턴 의대 마리오 슈트먼 박사팀이 세인트루이스 지역에 거주하는 563명을 조사한 결과 소음과 대기오염이 적은 지역 거주자들은 주거환경이 나쁜 지역 사람들보다 하반신 기능장애가 올 확률이 67.5% 낮았다.

미 국립노화연구소(NIA) 조지 캐플런 박사팀이 캘리포니아 알라메다 지역 55세 이상 883명을 조사한 결과 교통 소음, 범죄, 쓰레기, 대중교통 등 주거환경이 좋은 그룹은 나쁜 지역 거주자보다 신체 기능성 테스트에서 55.2% 더 높은 점수를 받았다.

엔돌핀과 다이돌핀을 살리자

엔돌핀(Endorphin)

사람의 뇌 속에는 여러 가지 뇌파가 나오는데 깨어있는 낮 동안에는 우리 몸에 해로운 베타(β)파가 나온다. 사람에게 스트레스를 주는 뇌파다. 그래서 오감으로 아무리 좋은 것을 먹고 듣고 본다 할지라도 남는 것은 점점 스트레스와 피곤뿐인 것이다.

그런데 밤에 잠을 자는 동안에는 알파(α)파가 나온다. 그러면 엔돌핀이라는 호르몬이 분비되는데 이것은 모든 병을 다 고치는 기적의 호르몬이다.

이 엔돌핀이라는 호르몬은 피로도 회복하고 병균도 물리치고 암 세포도 이기게 한다. 그러므로 잠을 푹 자고 나면 저절로 병이 낫기도 하고 기분도 좋아지는 것이다.

잠을 자는 것은 오감이 차단되는 것이다. 아무 것도 먹지 않고 듣지도 않고 생각도 안 하는데 도리어 편안하고 더 쉼이 되는 것이다. 깨어 있을 때에도 알파(α)파가 나올 때가 있는데 그것은 사랑할 때라고 한다. 사랑할 때 마음이 흐뭇하고 기분이 좋은 것은 뇌 속에서 알파(α)파가 나오면서 동시에 엔돌핀이 분비되기 때문이라 한다.

사랑을 하면 병도 빨리 낫고 사랑하는 사람을 위해 움직이면 피로한 것도 모르고 손해나는 것도 모른다. 그러므로 깨어서 할 수 있는 것 중에 가장 중요한 것이 사랑하는 일이다.

남을 배려하고 항상 긍정적인 마음으로 많이 웃고 많이 사랑하

자. 우리 사는 곳에 항상 힘든 일만이 있는 것이 아니다. 오르기 힘든 때가 있으면 오른 후엔 내려가는 편안함이 기다리고 있다.

세상을 힘들게만 생각지 말자. 건강은 늘 좋은 일이 있을 것만 같은 부푼 기대와 용기 있는 도전만이 쟁취할 수 있다.

다이돌핀 (Didorphin)

엔돌핀의 4,000배 효과 다이돌핀, 최근 의학이 발견한 호르몬 중에 '다이돌핀' 은 마음이 감동 받을 때 생성된다고 한다.

1. 좋은 노래를 듣거나
2. 아름다운 풍경에 압도되었을 때
3. 전혀 알지 못했던 새로운 진리를 깨달았을 때
4. 엄청난 사랑에 빠졌을 때
5. 찐한 키스나 스킨십을 할 때 등

이런 때 우리 몸에서는 놀라운 변화가 일어난다. 전혀 반응이 없던 호르몬 유전자가 활성화 되어 안 나오던 엔돌핀 도파민 세로토닌이라는 아주 유익한 호르몬을 생산하기 시작한다. 특히 굉장한 감동을 받을 때 다이돌핀이 생성되는 것이다.

이 호르몬들이 우리 몸의 면역체계에 강력한 긍정적 작용을 일으켜서 암을 공격한다. 대단한 효과다. 그래서 기적이 일어난다.

늘 흘러가는 일상이지만 넉넉한 생각과 여유로운 마음으로 다이돌핀이 많이 생성되는 삶 속에서 건강과 행복을 함께 했으면 한다.

생활 속의 웃음을 즐기자

웃음은 세계 모든 나라의 모든 사람들이 사용하는 가장 아름다운 언어다. 어릴 때는 하루에 400번 웃을 수 있지만 성장하면서 웃음을 잃어버리고 장년이 되면 14번 정도 웃는다고 한다. 나이를 먹을수록 더 크게 웃는 연습을 해야 하는 이유가 여기에 있다.

옛날에 아프리카 식인종도 상대방이 벌벌 떨면 잡아먹어도 웃으면 화해로 인식하고 손님으로 극진히 대접해 주었다고 한다.

웃음치료란 웃음으로 치료함을 말하는데, 신체적, 심리적, 사회적으로 여러 가지 질병과 문제를 웃음으로 예방하거나 치료할 수 있다고 한다.

어떤 환자가 통증이 심해서 무척 고생을 하고 있었는데 TV의 코메디 프로를 보면서 마음껏 크게 웃었다. 그렇게 했더니 놀랍게도 통증이 사라졌다.

웃음의 종류에는 신체적 자극으로 일어나는 웃음, 기쁨의 웃음, 말을 대신하는 웃음, 재미있는 웃음, 빈 웃음 등이 있다. 이 중에서 진정한 웃음만이 효과를 얻을 수 있다.

인간관계에서 웃음은 매우 중요하다. 웃는 사람은 긍정적인 사고방식을 가진 사람으로 인식된다. 웃음은 자신감의 표현으로 대화의 주도권을 잡는 힘이 된다. 또한 실수를 무마시켜주는 힘도 있다.

웃음이 좋다고 의사와 학자들이 아무리 떠들어대도 우리 자신이 그 가치를 인정하지 않으면 웃음은 별로 큰 매력이 없을 것이다. 유머감각을 증진시키고 싶은 사람은 무엇보다 먼저 웃음과 유머가 삶과 건강, 학습과 작업 그리고 인생의 사교에 매우 유익한 것이라고 인정해야 한다.

웃음은 혼자보다는 여럿이 모일 때 33배 더 잘 웃을 수 있다고 한다. 이처럼 웃음은 많은 사람들과 만날 때 전염되어 여럿이 함께 웃을 수 있다.

웃음은 자기 스스로 만들고 스스로 웃을 수 있는 것이 가장 바람직하다고 한다. 어떤 상황에서 스스로 웃을 수 있는 사람이라면 어떤 고독이나 고통도 이길 수 있다고 한다.

웃음은 스트레스 해소의 특효약

현대인은 스트레스로 고통을 받는 경우가 많다. 스트레스는 만병의 원인이다. 스트레스를 받으면 두뇌가 신체에 대하여 부적절하게 반응을 일으키게 된다.

스트레스가 인체에 미치는 영향으로는 위궤양, 만성적 두통,

무기력증 등이 있다. 병균을 막는 항체의 능력을 저하시켜서 감기와 류마티즘에 잘 걸리게 한다.

스트레스의 원인과 증상과 영향 등을 생각하고, 웃음으로 스트레스를 처리하는 방법도 알아보자.

스트레스의 원인으로는 격변적, 개인적, 배경적 요인이 있다. 지진이나 홍수 같은 자연이변이나 갑작스럽게 일어난 가공할 만한 공포나, 사랑하는 가족이 죽고 애인과 이별했거나, 시험에서 떨어지는 것과 일상에서 반복되는 짜증스러운 일들이 스트레스의 원인인 것이다.

만성적인 원인으로는 결혼생활에서의 갈등, 암 같은 만성병, 가난, 과도한 업무, 소음과 공해 등이 있다.

순간적인 원인으로는 여름철의 무더위, 열쇠 등의 분실, 출근길의 교통체증, 줄서기 등이 있다.

스트레스 증상은 육체적인 것과 감정적인 것, 그리고 생각과 행동에 나타나는 증상이 있다.

육체적 증상은 허리가 아프거나 어지럽거나 가벼운 두통을 유발하고, 입이 마르거나 쉽게 놀라게 한다.

감정적인 것은 분노, 무기력증, 지나친 근심이나 고민, 의욕상실과 싫증 등으로 혼란스러운 생각이나 망각, 창의력 부족, 신경질을 잘 내거나 과음 과식을 하게 한다.

가정에서 발생하는 스트레스로는 부부간의 문제, 고부간의 갈등, 자녀 양육에 대한 문제 등이 있다. 부부간의 문제는 성격차이가 가장 크다. 과거에는 남편의 강압적인 태도에 아내가 스트레스를 많이 받고도 참고 살았지만, 지금은 평등을 주장하므로 지혜롭게 조화를 시켜야 한다. 고부간의 갈등을 해소하려면 남편이 중립적인 위치에서 화해를 유도해야 하며, 자녀교육은 아내가 다른 아이와 비교하며 욕심을 부리지 말고 아이의 특성을 살려 주어야 할 것이다.

스트레스를 줄이는 방법은 많이 있지만 성격과 형편에 따라 잘 선택할 것이며, 특히 많이 웃으며 낙천적으로 생활하는 것이 가장 좋다고 한다. 우리가 웃음치료에 관심을 가져야 하는 이유가 여기에 있다. 돈 안 들이고 마음만 먹으면 아무리 나이를 먹어도 쉽게 할 수 있는 것이 웃음이기 때문이다.

스트레스를 줄이기 위해서라도 웃음치료에 관심을 갖고, 날마다 웃는 연습을 해봤으면 한다.

웃음이 육체에 미치는 효과

웃음은 신경 호르몬 엔돌핀을 만든다. 엔돌핀은 중독되지 않는 천연 진통제로서, 몸에 통증이 발생하면 엔돌핀이 생성되어 즉시 고통을 막아준다. 또한 혈액 속에서 돌며 호르몬의 기능을 강화하고 심장 활동을 도와준다. 스트레스에는 가장 좋은 치료제다.

웃음은 혈액순환을 촉진시킨다. 크게 웃을 때 혈액순환을 증가시키고, 심장박동수를 높여주며, 허파에서 나쁜 공기를 바깥으로 내보낸다. 웃음은 면역력을 강화시켜 세균의 침입이나 확산을 막아준다.

웃음은 뇌 운동 전체에 영향을 준다. 유머책을 읽을 때 웃음이 나오기 전에 잠깐 동안 전류가 두뇌의 전체에 흐른다고 한다.

웃음은 마음의 치료뿐만 아니라 몸을 아름답게 한다. 사람들이 아름답지 못하고 추하게 보이는 것은 피부가 거칠어지는 노화현상 때문인데, 그 주된 원인은 스트레스다. 우리가 웃을 때 신체의 모든 기관에 긴장완화를 주어 피부의 노화나 악화 현상을 막아준다.

웃음은 유해물질을 배출한다. 웃을 때 나오는 눈물은 울 때 나오는 눈물처럼 몸에 쌓인 해로운 물질을 제거한다. 눈물이 나올 정도로 웃고 나면 몸과 마음이 편해진다.

웃음과 유머가 뇌를 골고루 발전시킨다. 밝게 터지는 웃음소리는 뇌의 오케스트라가 쏟아내는 아름다운 음악이다. 유머로 뇌의 기능이 균형과 조화를 이룬 사람은 성격도 좋다.

웃음이 혈액에 산소를 공급한다. 웃음은 엔돌핀을 생성하는 호르몬의 분비를 증가시키고, 면역력을 극대화시켜 우리 몸에서 스트레스에 관련된 화학물질을 감소시킨다.

식사할 때 웃으면 소화가 잘 된다. 우리 나라 사람들은 식사할 때 조용히 점잖게 먹어야 된다고 배워왔다. 그러나 웃고 즐기면서 먹으면 위장병에 걸릴 확률이 적다고 한다.

암 투병환자가 웃음의 이미지 훈련을 하면 혈액 중의 임파구의 힘이 증강되어 상처 주위에 모여들고 암세포를 처치한다.

웃음은 여러 가지로 육체에 효과가 있으므로 기회가 있을 때마다 자연스럽게 자주 웃는 습관을 만들어야 한다.

웃음이 정신에 미치는 효과

웃을 때 발생하는 호르몬 엔돌핀은 육체뿐만 아니라 정신적으로도 좋은 효과가 많다. 구체적으로 몇 가지를 알아보자.

웃음이 많은 사람은 학생일 경우 학업성적이 더 높고, 스포츠

분야에서도 두각을 나타낸다. 보험설계사는 더 높은 성과를 올리는 것으로 조사되었다. 특히 고객을 상대로 영업하는 판매원은 웃는 인상이 가장 기본적인 영업기술이라고 한다.

웃음으로 불행한 환경을 개선하고 고난을 극복할 수 있다. 미국의 오프라 윈프리는 미혼모의 딸로 태어나 구박과 멸시를 운명처럼 받아들여야 했지만, 주어진 운명에 순응하지 않고 선천적인 부지런함과 노력으로 토크쇼의 여왕이 되었고 엄청난 부와 많은 업적을 이루고 있다. 웃음은 어두운 삶을 비쳐주는 빛이 될 수 있다.

웃음은 자신감을 갖게 하고, 자신감은 추진력과 성취감을 높여준다. 웃음은 직장에서 싫증을 없애주므로 직장분위기를 자유롭고 편안하게 만든다.

"나의 웃음, 너의 기쁨, 모두 행복!"

노인전문요양시설 이천한나원의 표어다. 웃음은 창의력을 증가시키고, 의사소통을 원활하게 해준다. 그래서 이천한나원의 분위기는 항상 자유롭고 편안하고 행복하게 느껴진다.

웃음은 생존을 위한 역동적 수단이다. 어떤 유태인 사형수는 협박과 공포로부터 자기를 이기게 한 것은 사상이나 이념이 아니라 유머감각과 웃음이었다고 고백했다. 그는 웃음 덕분에 지상 최악의 감옥에서 9년을 보내고도 건강하게 살아나왔다.

웃음은 죽음과 두려움과 공포 앞에 놓인 사람에게 두려움을 이기기 위한 처절한 생존수단이다. 그야말로 웃으면 살 수 있다. 웃음은 가장 값싸고 가장 효과 있는 만병통치약인 것이다.

영국의 유명한 정치인이 억울하게 누명을 쓰고 사형을 당하게 되었다. 집행관이 작두 사이에 목을 넣게 하고 칼날을 내리려는 순간이었다. 그 때 잠간 멈추라고 말하고 "나는 잘못이 있다고 치더라도 이 수염은 무슨 죄가 있는가"라고 말하며 웃으면서 긴 수염은 잘리지 않게 얼굴 쪽으로 들어냈다. 서양인의 놀라운 유머감각을 엿볼 수 있다.

10년 젊어지는 건강 습관을 갖자

작은 벽돌이 모여 견고한 성을 쌓듯 작은 습관 하나하나가 모여서 튼튼하고 건강한 몸을 만든다.

“하나 한다고 건강해지겠어?” 이렇게 생각하고 무심히 지나쳤던 습관들이 사실은 평생 건강을 지키는 열쇠가 될 수 있다.

더 젊고 건강하게 10년 젊어지는 건강 습관 12가지를 소개해 본다. 이 중에 하나라도 한다면 작은 벽돌이 모여 견고한 성을 쌓듯이 노후를 행복하게 건강을 지켜줄 것이라 생각한다.

음식은 10번만이라도 씹고 삼켜라

의사들이 말하는 것처럼 30번씩 씹어 넘기려다 세 숟가락 넘기기 전에 포기하지 말고 10번만이라도 꼭꼭 씹어서 삼킨다. 고기를 먹으면 10번으로는 모자라겠지만 라면을 먹을 때도 10번은 씹어야 위에서 자연스럽게 소화시킬 수 있다.

매일 조금씩 공부를 한다

두뇌는 정밀한 기계와 같아서 쓰지 않고 내버려 두면 점점 더 빨리 낡는다. 공과금 계산을 꼭 암산으로 한다든가 전화번호를 하나씩 외우는 식으로 머리를 쓰는 습관을 들인다. 일상에서 끝없이 머리를 써야 머리가 ‘녹스는 것’을 막을 수 있다.

아침에 일어나면 기지개를 켜라

아침에 눈을 뜨면 스트레칭을 한다. 기지개는 잠으로 느슨해진 근육과 신경을 자극해 혈액 순환을 도와주고 기분을 맑게 한다. 침대에서 벌떡 일어나는 습관을 들이면 나이가 들어 혈관이 갑자기 막히는 치명적인 불행에 직면할 수가 있다는 것을 명심하자.

매일 15분씩 낮잠을 자라

피로는 쌓인 즉시 풀어야 한다. 조금씩 쌓아 두면 병이 된다. 눈이 감기면 그때야말로 몸이 피곤하다는 얘기다. 억지로 잠을 쫓지 말고 잠깐이라도 눈을 붙인다. 15분간의 낮잠으로도 오전 중에 쌓인 피로를 말끔히 풀고 오후를 활기차게 보낼 수 있다.

아침 식사를 하고 나서 화장실을 가라

현대인의 불치병, 특히 주부들의 고민거리인 변비를 고치려면 아침 식사 후 무조건 화장실에 간다. 아이를 학교에 보내고 남편 출근도 시켜야 하지만 일단 화장실에 먼저 들른다. 화장실로 오라는 '신호'가 없더라도 잠깐 앉아서 배를 마사지하면서 3분 정도 기다리다가 나온다. 아침에 화장실에 가서 앉아 있는 버릇을 들이면 하루 한 번 배변 습관은 자연스럽게 따라온다.

식사 3~4시간 후 간식을 먹어라

조금씩 자주 먹는 것은 장수로 가는 지름길이다. 점심 식사 후 속이 출출할 즈음 과일이나 가벼운 간식거리로 속을 채워 준다. 속이 완전히 비면 저녁에 폭식을 해 위에 부담이 된다. 물론 점심을 배부르게 먹고 오후에 배가 고프지 않은데도 또 먹으라는 말이 아니다. 그것은 비만으로 가는 지름길일 뿐이다. 매 끼니마다 한 숟가락만 더 먹고 싶을 때 수저를 내려놓는 습관을 들여야 한다.

오른쪽 옆으로 누워 무릎을 구부리고 자라

아이가 엄마 뱃속에 들어 있을 때 바로 그 자세다. 심장에 무리를 주지 않도록 오른쪽으로 돌아 누워 무릎을 약간 구부리는 자세로 있으면 가장 빨리 잠에 빠질 수 있고 자는 중에 혈액 순환에도 도움이 된다.

'괄약근 조이기' 체조를 한다

조이기는 수많은 사람들이 있는 곳에서도 아무도 모르게 할 수 있는 건강 체조다. 출산 후 몸조리를 할 때나 갱년기 이후 요실금이 걱정될 때 이보다 더 좋은 운동은 없다. 바르게 서서 괄약근을 힘껏 조이고 3초를 세어 풀어 주는 동작을 반복한다.

하루에 10분씩 노래를 부른다

스트레스를 많이 받거나 머리가 복잡할 때는 좋아하는 노래를 부른다. 듣지만 말고 큰 소리로든 작은 흥얼거림이든 꼭 따라 부른다. 스트레스는 만병의 근원이다. 좋아하는 노래를 부르면서 스트레스를 해소한다. 노래 부르기는 기분을 상쾌하게 하고 대인기피나 우울증 치료에도 효과가 있어 정신과 치료에도 쓰이는 방법이다. 평소 설거지를 하거나 빨래를 개면서 노래를 흥얼거리는 습관은 마음을 젊고 건강하게 한다.

샤워를 하고 나서 물기를 닦지 말라

피부도 숨을 쉴 시간이 필요하다. 샤워를 하고 나면 수건으로 보송보송하게 닦지 말고 저절로 마를 때까지 내버려 둔다. 샤워 가운을 입고 기다리는 것도 좋은 방법이다. 이 시간에 피부는 물기를 빨아들이고 탄력을 되찾는다.

밥 한 숟가락에 반찬은 두 젓가락씩 먹는다

밥 한 수저 먹으면 적어도 반찬은 두 가지 이상 먹어야 한다. 국에 말아먹거나 찌개 국물로 밥 한 숟가락을 넘기는 것은 그야말로 '밥'을 먹는 것이지 '식사'를 하는 것이 아니다. 자신의 식생활 습관을 잘 살펴보고 반찬을 한 가지도 잘 먹지 않을 때는 의식적으로 '밥 한 번, 반찬 두 번'이라고 세면서 먹는다.

매일 가족과 스킨십을 한다

아이만 스킨십으로 건강해지는 것이 아니다. 엄마도 아빠도 적당한 스킨십이 있어야 정서적으로 안정이 되고 육체적으로도 활기가 찬다. 부부 관계와 스킨십이 자연스러운 부부는 그렇지 않은 부부보다 최고 8년은 더 젊고 건강하다고 한다. 연애할 때처럼 자연스럽게 손잡고 안아 주는 생활 습관이 노후를 건강하게 한다.

누구나 노력을 통해 잘 늙을 수 있다

어떤 일을 잘 한다는 것은 하루아침에 하늘에서 저절로 뚝 떨어진 것이 아니다. 잘하고자 하는 소망을 갖고 거기에 따른 계획을 세워 열심히 노력하는 것을 뜻한다.

늙는 것도 마찬가지다. 타고난 체력과 정신력으로 잘 늙는 것이 아니라 자기 안에 바람직한 노년의 모습을 간직하고 끊임없이 그에 도달하기 위해 노력하는 가운데 잘 늙어갈 수 있다.

우선 몸과 사이좋게 지내라

노년의 몸이 비록 낡은 의복과 같다고는 하지만 몸이 건강하지 않으면 잘 늙는 일은 무척 어렵다. 인생의 어느 단계에서나 마찬가지지만, 특히 노화가 시작되는 중년 이후에는 몸과 사이좋게 지내야 한다. 몸의 상태에 관심을 기울이고 몸이 원하는 것이 무엇인지 진지하게 귀를 기울여야 한다. 자신의 나이와 건강상태를 고려해 적절한 운동과 관리를 하는 것이 중요하다.

변화와 상실을 인정하고 받아들이자

나이가 들면 잘 움직이던 몸이 제대로 말을 듣지 않고 여기저기 자꾸 병이 생긴다. 물론 잘 낫지도 않아서 그저 더 나빠지지만 않아도 다행이다. 시력과 청력, 후각, 미각이 둔해지는데다가 기억력도 자꾸만 떨어진다.

배우자나 친구들도 약속이나 한 듯 하나씩 세상을 떠난다. 이렇듯 노년은 잃음, 즉 상실의 시기이기 때문에 이를 자연스럽게 받아들여야 한다.

베푸는 노년이 아름답다

죽으면 평생 쌓아놓은 모든 것을 놓고 빈손으로 가게 된다. 돈으로, 체력과 재능으로 혹은 넉넉한 시간과 정성으로 남을 위해 베푸는 노년은 뒤따라오는 세대의 가장 아름다운 모습을 남기는 가장 올바른 어르신의 모습이다.

끝까지 삶에 참여해야 한다

성공적인 노화는 질병과 장애를 달래 가면서, 정신적 기능과 신체적 기능을 잘 유지하고 인생 참여를 지속하는 것이다. 적극적으로 삶에 참여한다는 것은 다른 사람과 관계를 잘 맺고 모나지 않는 활동을 한다는 뜻이다. 끊임없이 타인과 관계를 맺고 무언가 생산적인 활동을 해나가는 것은 성공 노년의 필수 조건이다.

감사함으로 행복한 노년을 만들 수 있다

상승보다는 하강, 도전보다는 포기, 얻음보다는 잃음의 시기가 노년이지만 노년기 이전에 세상을 떠난 사람은 결코 노년을 맛볼 수 없다. 일정한 연령대까지는 살아남아야 노년을 맞고 노인이 될 수 있다.

그러니 노년 그 자체도 선물이며, 노인은 존재 자체로 귀한 사람들이다. 살아온 세월과 주어진 생명에 대한 감사는 노년을 행복하게 만들어 준다.

감사함이 없는 노년은 불행할 수밖에 없다. 불평불만의 눈으로 보면 살아온 인생이 하지 못한 일, 가지 못한 길, 갖지 못한 것, 끝내 얻을 수 없었던 것들로 가득하여 후회와 회한뿐이다.

그러나 노년을 선물처럼 받은 한 평생의 삶으로, 감사의 눈으로 돌아보면 무엇 하나 감사하지 않은 것이 없다.

젊음의 모방이 아닌 노년만의 지혜를 찾자

보기 좋은 노년의 모습을 말할 때마다 빠지지 않는 이야기가 바로 적당한 선을 유지하라는 것이다. 요즘 말로 하면 오버 하지 않은 것이다.

거리에서 깔끔하고 깨끗하게 차려입은 어르신을 보면 기분이 좋고 자신도 저렇게 늙고 싶다고 생각하지만, 짙은 화장과 향수 냄새에 유난스레 튀는 요란한 옷차림은 눈살을 찌푸리기 십상이다.

늙음을 과장해 나이 든 사람 티를 내는 것도 보기 싫지만, 어울리지 않게 젊은 사람 흉내 내는 점은 꼴불견이다.

기준을 젊은 사람에게 둘 것이 아니라 노년의 강점인 삶의 통찰력과 지혜에 맞추는 것이 노년의 멋이다.

감정 조절로 마음의 평화를 유지한다

감정을 적절하게 표현하는 사람은 건강하다. 반대로 감정을 겉으로 드러내 표현하지 못하면 스트레스가 쌓여 건강하게 살 수 없다. 상대를 배려하면서도 내 감정 상태를 제대로 전할 수 있으려면 무엇보다도 절제된 자제력이 필요하다

성숙한 신앙은 노년의 가장 좋은 동반자이다

신앙은 인생의 석양을 우아하게 만들어준다. 인간 존재의 근원적인 문제에 대해 답을 구하며 자기 수양을 해 나가는 과정에서 삶의 깊이를 알고 이웃에게 나누고 베푸는 삶으로 사회적 관계망을 확장해가기 때문이다. 아집에 매인 신앙은 자신에게나 타인에게나 해악이 되지만 성숙한 신앙은 노년의 지혜와 어우러져 인생을 풍요롭게 한다.

잘 익은 노년은 영적 성숙으로 완성된다

노년은 많은 것을 잃어버리는 시기지만 그 잃음의 자리는 영적인 자유와 충만함으로 채워진다는 것을 모르고 산다면 생의 마지막 시기가 너무 아깝고 아쉽다. 이미 지나버린 것이나 아직 오지 않은 것에 마음을 쏟을 게 아니라, 지금 이 순간 순간에 집중하면서 삶의 마지막 과정을 맞이하고 보낸다면 잘 익은 노년을 열매로 거두게 될 것이다!

삶이란 마음먹기에 따라 천당(극락)과 지옥이 갈린다.

나 치매 걸렸나?

"아! 자꾸자꾸 까먹어, 나 치매에 걸렸나 봐."

80대 중반을 넘기다 보니 농담 반 진담 반 삼아 흔히들 주변에서 하는 얘기다.

하지만 이처럼 자신의 기억력에 문제가 있다는 것을 알고 있으면, 아직은 치매가 아니라는 뇌의학 연구가 있다.

치매에 걸리는 환자들은 치매 발생 이전부터 자신의 기억력에 문제가 있다는 것조차 알지 못한다는 연구가 국제학술지 신경학지에 최근 소개됐다.

미국 시카고 러시 알츠하이머병 센터 신경심리학과 로버트 윌슨 박사의 연구 결과다. 연구팀은 치매가 없는 평균 나이 76세 고령자 2,092명을 대상으로 10년 넘게 매년 기억력과 인지 기능에 대한 표준검사를 시행했다. 아울러 기억이 잘 안 날 때가 얼마나 자주 있는지, 기억력에 문제가 있다고 느끼는지 등을 물었다. 연구 기간에 239명이 치매 진단을 받았다.

이를 토대로 종합적인 평가를 해보니, 치매 환자들은 치매 발생 2~3년 전부터 자신의 기억력에 문제가 있다는 것조차 인지하지 못했다. 기억력 감퇴를 호소하다가 치매로 진단되기 평균

2.6년 전부터 급격히 이러한 자각 능력이 떨어지기 시작한 것으로 나타났다.

일상과 연관시키면 이렇다. 집 열쇠를 어디다 뒀는지 깜박했고, 그렇게 건망증이 있었다는 것을 본인이 알면 아직 치매는 아니라는 얘기다. 반면에 집 열쇠를 어딘가에 두었다는 사실조차 모르고 아예 찾지 않거나 그렇게 한 일이 없다고 생각한다면 치매로 의심해야 한다.

고령자 주변 사람들은 기억력이 감소하여 자꾸 까먹는다고 불평하는 노인보다 분명히 기억력 실수가 일어나는 데도 아무런 문제가 없다는 식으로 행동하고 도움을 요청하지 않는 경우를 더 이상하게 여기고 치매 검사를 받도록 해야 한다.

치매 조기 진단을 위해서는 기억력 테스트를 하는 것도 중요하지만, 기억력 감퇴를 인지하고 있는지를 평가하는 것이 정확한 진단에 도움이 된다.

뇌의학 전문가들은 연구 결과가 기억력에 문제가 있다는 것을 아는 사람은 아직 치매가 아니라는 것을 확인해 줬다. 참고가 될 만한 이야기다.

치매의 위험신호 10가지

(1) 기억장애가 일상에 지장을 준다.

(2) 계획과 문제 해결이 어렵게 된다.

(3) 항상 해오던 일상으로부터 벗어나게 된다.

(4) 시간과 장소에 혼란이 온다.

(5) 이해에 어려움을 겪고, 공간적인 개념이 흐려진다.

(6) 새 어휘를 말하고 쓰는데 어려움이 있다.

(7) 둔 물건을 찾지 못하고 온 길을 되돌아가는데 어려움을 겪는다.

(8) 판단에 문제가 있다.

(9) 직장과 사회로부터 멀어진다.

(10) 기분이 자주 바뀌고 성격에 변화가 온다.

– 이준남의 〈치매 이전의 삶〉에서

치매 이전의 삶을 사는 7가지 황금 룰

(1) 두뇌가 늙지 않는 음식생활을 하라. 블루베리, 카레, 당근, 생강을 섭취하라.

(2) 두뇌가 늙지 않는 운동생활을 하라. 유산소 운동, 무산소 운동, 균형 운동, 지구력 운동, 신축 운동 등

(3) 두뇌가 늙지 않는 질 좋은 잠을 자라. 여러 가지 불면증 원인을 제거하라.

(4) 두뇌가 늙지 않게 하는 스트레스 해소법을 찾아라. 스트레스를 푸는 방법을 실천하라.

(5) 두뇌가 늙지 않게 하는 외로움 해소법을 찾아라. 우울증을 제거하고 친구들과 교제하라.

(6) 두뇌가 늙지 않게 하는 두뇌 운동을 하라. 새로운 것을 계속해서 배워라.

(7) 두뇌가 늙지 않게 하는 과거로부터 오는 미래를 밝혀라. 과거를 기억하고 미래를 계획하라.

– 이준남의 〈치매 이전의 삶〉에서

치매를 부르는 생활 속 위험인자 일곱 가지

1. 당뇨병 – 알츠하이머 치매 위험이 1.4배 증가
2. 중년기 고혈압 – 1.6배
3. 중년기 비만 – 1.6배
4. 우울증 – 1.9배
5. 신체활동 및 운동 부족 – 1.8배
6. 흡연 – 1.6배
7. 저학력 – 1.6배

예민한 성격과 게으른 성격 그리고 냉소적인 성격이 치매발병 위험을 각각 3배 증가시킨다.

올바른 생활습관을 계속 유지하려면 긍정적이고 적극적인 성격이 필요하다.

– 국민일보 2016. 3. 12

잘 늙고, 잘 살고, 잘 죽자

노인들은 사람답게 늙고, 사람답게 살다가, 사람답게 죽는 것이 소원일 것이다.

첫째, 사람답게 늙자(Wellaging)

행복하게 늘기 위해서는 먼저 노년의 품격을 지녀야 한다. 노년의 품격은 풍부한 경륜을 바탕으로 노숙함과 노련함을 갖추는 일이다. 노년은 지성과 영혼이 최절정의 경지에 이르는 황금기임을 인식해야 한다. 노숙함과 노련함으로 무장하여 노익장을 과시하라.

웰에이징을 위해 노년 특유의 열정을 가져야 한다. 노년의 열정은 경륜과 품격이 따른다. 노년기에 열정을 가지면 위대한 업적을 남길 수 있다. 세계 역사상 최대 업적의 35%는 60-70대에 의하여, 23%는 70-80대에 의하여, 6%는 80대에 의하여 성취되었다고 한다.

나이가 들면서 초라하지 않으려면 대인관계를 잘 해야 한다. 즉, 인관관계를 나 중심이 아니라 타인 중심으로 가져야 한다.

둘째, 사람답게 살자(Wellbeing)

웰빙은 육체뿐 아니라 정신과 인품이 건강해야 한다. 정신과 인품이 무르익어가는 노년이야말로 인생의 최고봉이자 웰빙의 최적기이다.

노년은 용서하는 시기이다. 용서의 근간은 사랑이다. 사랑만이 인간을 구제할 수 있는 희망이다.

셋째, 사람답게 죽자(Welldying)

노년의 삶은 자신의 인생을 마무리하는 단계이기 때문에 죽음을 준비하는 기간이기도 하다. 병과 동시에 죽을 준비도 다해 놓고 언제고 부름을 받으면 "네"하고 떠날 준비를 해야 한다.

노년의 연륜은 미움과 절망까지도 따뜻하게 품을 수 있어야 한다. 노년이란 신에 대한 긍정적인 사고가 급속히 자리잡게 되고 그에 대한 심오한 깨달음을 얻기 위해 부단히 노력해야 하는 시간이다. 이러한 덕목을 갖추려면 스스로에게 엄격해야 한다.

사람답게 죽기 위해 진격보다는 철수를 준비해야 한다. 물러설 때를 염두에 두고 살아야 한다. 그래서 자신과 관계있는 조직과 일에 너무 애착을 갖지 말라고 충고한다. 따라서 비움과 내려놓기를 준비하라. 그래서 나이가 들면 들수록 인간을 의지하기 보다는 신을 의지해야 한다. 신과 가까이 하면 정신연령과 영적 연령은 더욱 신선해진다. 이것이 행복한 노년으로 마치는 삶이다.

즐겁고 보람있게 살자

나는 직장에서 은퇴하기 2년 전부터 노년에 무엇을 할까 생각하다가 취미생활을 하기로 정하고 글쓰기를 배우게 되었다. 마침 은퇴하신 채수영 교수님이 부악문학회라는 동아리를 조직해서 가르치고 계셔서 회원으로 가입했다. 3년 동안 매주 참석하여 열심히 배웠더니 수필가로 등단하게 되었다. 얼마 후 한국장로신문사를 우연히 방문하였다가 매주 칼럼을 쓰게 되었고, 지금까지 3년 이상 칼럼을 쓰면서 즐겁고 보람 있는 생활을 하고 있다.

나는 채 교수님의 지도로 오랫동안 어르신에 대해서만 수필과 시를 쓰다가 이번 기회에 그 작품들을 편집하고 보충하였으며, 또한 어르신들에게 필요한 건강자료들을 언론에서 수집하여 제공했다.

취미생활은 즐겁고 보람 있는 생활로 노년에 가장 중요하다고 생각하며 백세시대를 사시는 어르신들에게 간절히 권하고 싶다. 취미의 종류는 다양하므로 각자 적성에 따라 선택할 것이나 예술적인 취미가 가장 고상하다고 한다. 독자들이 취미생활의 필요성을 깨닫고 열심히 노력하여 백세시대를 즐겁고 보람 있게 생활하시기를 간절히 바란다.

이 책을 출판하게 된 동기가 있다. 부악문학회에서 공부할 때 채 교수님이 나에게 요양원에서 오랫동안 근무하고 있으니까 어르신들의 애환에 대해서만 한 동안 글을 써보라고 하셨다. 그래서 나는 어르신과 관계되는 시와 수필을 오랫동안 발표했고 교수님은 자상하게 지도해 주셨다.

그동안 이 책을 출판할 수 있도록 지도해 주신 채수영 교수님께 진심으로 감사드리며, 또한 존경하는 박종구 목사님이 과찬의 말씀으로 추천사를 써 주셔서 고마운 마음을 전한다.

늦가을 햇살 좋은 창가에서

취봉 박양조